Bo Sauer

Caddy

Die Personen und Handlungen in diesen Geschichten sind frei erfunden. Ähnlichkeiten mit lebenden und verstorbenen Personen sind rein zufällig und nicht beabsichtigt.Bibliografische Information der Deutschen Nationalbibliothek:

Die Deutsche Nationalbibliothek verzeichnet diese Publikation in der Deutschen Nationalbibliografie; detaillierte bibliografische Daten sind im Internet über dnb.dnb.de abrufbar.

© 2017 Bo Sauer

Herstellung und Verlag:
BoD – Books on Demand, Norderstedt
ISBN: 9783746030838

Die vorliegende Geschichte ist eine Hommage an einen der für mich schönsten Golfplätze in Deutschland, den ich bisher gespielt habe. Herzlichen Dank sage ich den vielen lieben Menschen, die mich in den letzten Jahren auf vielen schönen Golfrunden auch auf diesem Golfplatz begleitet haben, z. B. meine Golffreunde aus der Schweiz, Österreich, Berlin, die wir uns regelmäßig als sog. August-Golfer in Bad Griesbach treffen.

Mein Dank gilt auch denjenigen Menschen, die mich ermuntert haben, Geschichten zu schreiben, insbesondere danke ich Rudolf Köster für seine unermüdliche Arbeit als Lektor.

Bo Sauer

Caddy

Check in

Roland bremst leicht ab und lässt sein Auto ausrollen. Vor ihm hat sich eine Schlange von Fahrzeugen gebildet, die alle nach links auf den kleinen Parkplatz einbiegen wollen, der für die Besucher mit den VIP-Eintrittskarten reserviert ist. Der schmale, asphaltierte Weg zum Golfclub Brunnwies ist abgesperrt. Eine große Wiese unterhalb der Übungsanlagen bietet für die ankommenden Autos ausreichend Parkflächen. Ein Ordner in roter Warnweste winkt die einzelnen Wagen heran und übergibt an seine Kollegen, die auf der Wiese die Fahrer in geordnete Parkreihen einweisen.

Es ist noch früh am Morgen und Roland ist froh, dass er sich gestern Abend doch einen Wecker gestellt hatte. Noch ist der große Ansturm ausgeblieben und er konnte entspannt anreisen. Erst auf den letzten Metern nahm der Verkehr zu. Er lässt sich in seinen Stellplatz einweisen und steigt aus. Sein Mini fällt auf neben den vielen großen stattlichen Autos und Geländewagen. Noch sind es wenige Menschen, die in Richtung Eingangsterminal gehen. Die meisten sind leicht bekleidet, sind doch für heute angenehme Temperaturen vorausgesagt. Einige haben kleine Rucksäcke auf dem Rücken und zusammenfaltbare Sitzstöcke in der Hand.

Roland reiht sich vor dem Eingangsterminal ein, der zu den sonst als Parkplätze genutzten Flächen unterhalb der Hotelanlage führt. Heute sind dort weiße Zelte für die Sponsoren des Turniers, für die vielen Händler und die Restaurants aufgestellt. Er holt sein VIP-Ticket, das er über das Internet gezogen hat, aus seinem leichten Blouson. Wenn schon, denn schon, hatte er sich vor einigen Wochen gedacht, als er das Ticket orderte. Einmal die Stars hautnah erleben, das war es ihm wert.

„Guten Morgen" begrüßt ihn die in hellem Blau gekleidete Hostess. „Möchten Sie auch unsere heutige Ausgabe der Turnierzeitung mit den Abschlagzeiten?" Sie lächelt Roland freundlich an.

„Das erste Flight startet in ca. 20 Minuten."

Roland schaut auf die erste Seite der Zeitung. *Maximilian Ladys Open* - die großen Letter springen ihm förmlich ins Auge.

Na, dann wollen wir mal schauen, was die Damen alles so mit dem kleinen Ball anfangen können, geht es ihm durch den Kopf.

Viele Wochen fiebert er nun schon diesem Golf-Event entgegen. In letzter Zeit machten sich die Golfprofis, egal ob Herren oder Damen, etwas rar in Deutschland. Daher ist der heutigen Tag bereits lange in seinen Kalender besonders vermerkt. Heute ist Finaltag des einzigen Damenturniers der europäischen Ladies Tour in Deutschland. Und das auch noch auf einem Platz, den er ganz gut kennt, da er ihn selbst schon ein paarmal gespielt hat.

Die drei Parkflächen unterhalb des Gutshofes sind Terrassen gleich angelegt, getrennt durch mannshohe Hecken und teilweise durch mächtige Steine abgestützt. Auf den drei Ebenen sind die Ausstellerzelte nach den unterschiedlichen Themen aufgebaut. Der untere Bereich liegt der sich am den gegenüberliegenden Hang hinauf ziehenden Driving-Range am nächsten. Hier präsentieren alle namhaften Golfartikelhersteller ihre Schläger, Golfbags, Trolleys und all das Zubehör, von dem Golfer meinen, unbedingt etwas haben zu müssen. Auf der mittleren Ebene tummeln sich die Anbieter mit unzähligen Golfreisen, sowie den neuesten Trends der bunten Golf-Mode. Kulinarische Angebote findet man reichlich auf der oberen Fläche. Es duftet schon verführerisch nach exotischen Snacks und deftigen bayrischen Speisen.

Roland schlendert, auf der unteren Ebene anfangend, durch die Zeltgassen, schaut hier und da mal rein, ohne aber sich wirklich für die Angebote zu interessieren. Er hat ja alles zuhause, was er für sein Golfspiel benötigt. Und auch wenn viele Händler an ihren Zelten auf großen Plakaten angebliche Sonderangebote anpreisen, so weiß er doch, dass es hier keine wirklichen Schnäppchen gibt. Immerhin haben die Aussteller hohe Standgebühren zu zahlen und schlagen erst einmal einen hohen Anteil davon auf die angeblich einmal günstigen Preise auf.

Einige wenige Interessierte schauen sich wie er die Auslagen an oder lassen sich von den Ausstellern beraten. Oben auf der dritten Ebene genießen ein paar Leute noch ein kleines Frühstück. Sie sind wohl auch früh aufgestanden. Roland wendet sich dem befestigten Weg zu, der zum Gutshof hinauf führt. Dieser ist beiderseits mit einem weiß lackierten Zaun gesäumt und endet direkt vor der großen Glastür des Sekretariats. Normalerweise sind die gläsernen Seitenteile zugepflastert mit unzähligen Turnierausschreibungen und Startlisten der vielen Golfplätze des hiesigen Golf-Ressorts. Heute schauen ihn dagegen die vielen Gesichter der LPGA-Golfspielerinnen an. Und sogleich hat er unter den meist jungen Damen auch seine heimische Favoritin ausgemacht.

Warming up

Das einzige Turnier der Ladies European Tour auf deutschem Boden ist gut besetzt. Die Liste der namhaften Spielerinnen ist lang. Neben vielen internationalen Proetten nimmt auch die deutsche Ranglistenerste Sandra Semmling am Turnier teil. Roland ist gespannt, sie einmal live zu erleben. Bisher kennt er sie nur aus dem Fernsehen und den Golf-Magazinen. Sie hat in den letzten Jahren die weibliche Golfwelt ziemlich aufgemischt. Und auch in der ersten Runde am Donnerstag hatte sie sehr gutes Golf gezeigt, dann allerdings ist sie etwas zurück gefallen und liegt augenblicklich sieben Schläge hinter der Führenden auf Platz 28. Eigentlich zu weit hinten, um noch eine Siegchance zu haben. Startzeit für Sandra Semmling ist in ca. anderthalb Stunden.

Roland faltet die Zeitung zusammen und schaut sich um. Die Sonne ist schon über die sanften Hügel des verträumten Dorfes emporgestiegen und so liegt die Clubanlage im hellen Sonnenlicht. Die tiefen Fenster des Hotelanbaus funkeln. Vor ihm liegt das alte Hofgebäude, das heute als Unterstand für die vielen E-Carts dient und außerdem den Pro-Shop mit dem Sekretariat beherbergt. Rechts daneben ein kleiner Hof, auf dem regelmäßig fahrbereite E-Carts stehen. Von dort hat man einen ersten Blick auf das Grün der letzten Spielbahn. Natürlich sind bei solch einem Event an verschiedenen Stellen des Platzes Tribünen für die Zuschauer aufgebaut. Aber hier an der 18 hat man die natürliche Hanglage rund um das Grün genutzt und zahlreiche Stühle in das Gras gestellt. So ist eine wunderbare naturbelassene Arena geschaffen worden.

Auf dem gepflasterten Hof steht ein großer, blauer Hubwagen. Gerade sind Kameraleute dabei, die schwere Fernsehkamera in der Gondel des ausfahrbaren Hydraulikarmes zu verstauen. Noch hat die Fernsehübertragung nicht begonnen. Aber lange wird es nicht mehr dauern, dann werden aus luftiger Höhe die an der Eins startenden Spielerinnen live bei ihrem ersten

Drive verfolgt. Und bis die ersten Spielerinnen das letzte Grün erreicht haben, dürften noch etliche Stunden vergehen.

Roland wendet sich nach links und schlendert über den zweiten, kiesbestreuten Hof, am Hotelanbau vorbei, in Richtung Putting-Grün. Das Putting-Grün liegt jenseits der befestigten Hofzufahrt am kurzgemähten Grashang, oberhalb einer Übungsanlage mit tiefen Sandbunkern. Heute ist das Putting-Grün durch einen niedrigen weißen Zaum vom Hauptweg getrennt. Von hier oben vom Hügel hat man einen schönen Blick auf das Unterdorf mit dem markanten Kirchturm. Auch sind hinter den zahlreicher gewordenen Fahrzeugen auf dem VIP-Parkplatz einige Spielbahnen des benachbarten Golfplatzes Uttlau zu erkennen.

Rund um das Putting-Grün haben sich schon einige Zuschauer eingefunden, um die Proetten bei ihren Vorbereitungen zu beobachten. Gerade verlässt Sandra Semmling die gegenüber liegende Driving-Range und steuert das Putting-Grün an. Auffallend ist, dass sie ihr Bag selber trägt .

Roland sucht sich zwischen den anwesenden Zuschauern eine freie Stelle am Hang, unmittelbar über dem linken äußeren Rand des Übungsgrüns. Dort ist das Grün kaum frequentiert und Roland hofft, dass vielleicht der deutsche Golfstar dort seine Übungseinheiten absolviert. Und tatsächlich steuert Sandra diese Ecke an, nachdem sie kurz über das Übungsgrün nach einem freien Platz geschaut hat. Nur eine weitere Golferin hat sich auch diese Ecke zum Einspielen ausgesucht.

Putting-green

„Hi, Sandra, wie geht es Deinem Caddy? Ich habe gehört, er sei gestern Abend mit einem allergischen Schock ins Krankenhaus gekommen. Hat wohl etwas gegessen, was ihm nicht bekommen ist?"

Sandra schaut ihre Kollegin traurig an. „Danke, es geht ihm heute Morgen schon etwas besser. Das war wirklich eine böse Sache gestern Abend. Irgendetwas muss im Essen gewesen sein, was Moritz nicht verträgt. Ich habe vorhin kurz mit ihm telefonieren können. Er bekommt noch Medikamente und hofft, dass er heute Abend oder morgen entlassen wird."

„Na prima, dann sag ihm mal gute Besserung. Vielleicht sehe ich ihn ja noch nach dem Match. Und, wie sieht es aus, hast Du schon einen neuen Caddy gefunden?"

„Nein, Du weißt doch, Moritz und ich sind ein eingespieltes Team. Ich werde heute wohl mein Bag allein tragen. Habe ja sowieso keine Chance mehr, ganz nach vorn zu kommen. Martina hat viel zu stark gespielt bisher. Das lässt sie sich nicht mehr nehmen."

Sandra richtet ihren Putter aus und schiebt die kleine Kugel gegen ein etwa fünf Meter entferntes Loch. Der Ball verfehlt die Lochkante um gute 10 cm an der linken Seite und rollt noch einen Meter über das Loch hinaus. Sie spielt einen weiteren Ball, der wiederum links an dem Loch vorbei läuft und noch etwas weiter hinter dem Loch liegen bleibt.

„Sie müssen auf den kleinen Hügel rechts aufpassen." War es nur ein Gedanke oder hat Roland dies tatsächlich gerade ausgesprochen? Sandra puttet einen weiteren Ball, der erneut links am Loch vorbeigeht.

„Sie müssen auf den kleinen Hügel rechts aufpassen." Diesmal kommt der Hinweis lauter und ist auch für die beiden Damen hörbar. Beide drehen sich zu Roland um und mustern ihn interessiert.

„Entschuldigung. Ich habe wohl nur laut gedacht", stammelt Roland verlegen.

„Wie ist das?" Sandra schaut ihn mit großen Augen an. „Sie sehen von dort oben etwas auf dem Grün, was meinen Ball am Loch vorbeilaufen lässt? Das ist doch wohl ein Scherz!"

Roland schluckt. „Ich spiele selbst Golf, natürlich nur als mäßiger Amateur, aber ich putte sehr gut, weil ich die jeweilige Putt-Linie auf dem Grün genau erkenne. Sie liegt wie eine markierte Linie vor meinem Auge. Ich kann es nicht erklären."

Die beiden Damen schauen ihn überrascht an.

„Bitte kommen Sie doch einmal her und zeigen mir den Hügel auf dem Grün," Sandra lädt ihn mit einem schiefen Grinsen ein, aufs Grün zu kommen.

Roland schaut irritiert: „Ich werde doch lieber den vorgesehenen Eingang nehmen", und geht auf den kleinen Zaundurchgang auf der gegenüber liegenden Seite zu.

Er will das Übungsgrün betreten, wird aber er von einem Ordner zurückgehalten.

„Lassen Sie ihn bitte durch, ich habe ihn zu mir gebeten." Sandra steht auf der anderen Seite um ihn abzuholen.

Plötzlich Caddy

„So, nun bin aber mal gespannt, was Sie mir zeigen." Sandra steht wieder vor ihrem Ball, ihre Kollegin schaut ebenfalls interessiert zu.

„Bitte gehen Sie etwas in die Hocke´." Roland steht ca. anderthalb Meter rechts vor dem Loch und zeigt mit der Hand auf den Boden.

„Hier ist ein kaum wahrnehmbarer Hügel, der ihren Ball leicht nach links ablenkt. Dazu kommt, dass der Graswuchs zum Loch zeigt und den Ball auch noch etwas beschleunigt. Deshalb wird er schnell und läuft am Loch vorbei." Roland macht mit seiner Hand eine Bewegung um den Ballverlauf anzudeuten. „Sie müssen etwas weiter rechts anhalten. Sind Sie in der Lage, vom Tempo her den Ball exakt an einen Punkt zu bringen?" Er schaut Sandra an.

Sie nickt. „Ja, im Allgemeinen kann ich dies recht gut, mein Gefühl für das Tempo wird immer wieder von meinem Trainer gelobt."

Roland geht zum Loch und zeigt auf einen Punkt, der ungefähr 60 cm rechts davor liegt. „Versuchen Sie mal den Ball in gerader Linie auf diesen Punkt hin zu spielen, so dass er hier liegen bleiben würde."

Robert zeigt noch einmal genau auf den Punkt und tritt dann beiseite. Sandra richtet sich kurz aus und puttet gefühlvoll auf den Punkt zu. Der Ball hält bis zu dem angedeuteten Hügel vor dem Loch die Richtung, driftet dann leicht nach links und trifft das Loch mittig. Mit einem leisen „Plopp" fällt der Ball ins Loch. Sandra schaut überrascht hinterher.

„Wow, ich glaube es nicht!" Sie schaut Roland freundlich an. "Haben Sie noch mehr solcher Tipps auf Lager?"

Roland schaut sich kurz auf dem Grün um und geht zu einem gut sieben Meter entfernten Loch. „Spielen Sie mal auf dieses Loch", sagt er, ohne irgendwelche Zeichen zu setzen. „Versuchen Sie, die Linie genau zu lesen."

Der Putt bleibt einen halben Meter zu kurz und auch noch gut einen halben Meter zu weit rechts.

„Schauen sie mal genau her, hier ist wieder eine kleine erhöhte Zunge im Grün, diesmal wächst das Gras aber in Ihre Richtung, dadurch wird der Ball langsam." Roland zeigt die Stelle genau mit einer kreisenden Handbewegung an. Dann geht er links hinter das Loch und zeigt mit dem Finger auf einen Punkt, etwa 1,2 Meter hinter dem Loch.

„Bitte gerade hierhin spielen."

Sandra richtet sich aus und schiebt den Putt in die vorgegebene Richtung. Der Ball driftet an der Zunge im Grün leicht nach rechts und fällt mit dem bekannten Plopp mitten ins Loch. Mit großen Augen blickt sie erst auf das Loch, dann auf Roland. Nach einer kleinen Weile geht sie auf Roland zu und reicht ihm die Hand.

„Hätten Sie Lust, heute für mich als Caddy zu arbeiten?"

Roland traut seinen Ohren nicht und schaut sie mit großen Augen an.

„Mein Caddy ist gestern Abend plötzlich erkrankt. Ich würde mich freuen, wenn Sie mich heute statt seiner auf der Runde begleiten." Sandra lächelt ihn freundlich an.

„Ja, geht das denn überhaupt? Ja, mache ich gern", stammelt Roland ganz aufgeregt, während sich sein Gesicht merklich rötet. „Entschuldigung, ich habe mich ja noch gar nicht vorgestellt. Mein Name ist Roland Kramer."

Er gibt ihr zögerlich die Hand.

Akkreditierung

Roland kommt mit Sandra aus dem Container der Turnierleitung. Sein Blouson hat er gegen ein hellblaues Leibchen mit der Aufschrift „Caddy" eingetauscht. Die Turnierleitung hat ihn tatsächlich als Caddy akkreditiert. Sandra hatte von ihrem erkrankten Caddy berichtet und sich vehement für Roland als neuen Caddy eingesetzt. Nun schlüpft er in den Doppeltragegurt des schweren Golf-Bags.

„Ich habe noch so viele Fragen. Wie habe ich mich auf dem Platz zu verhalten, und was kann ich sonst alles für Sie tun?" Roland sieht seine Auftraggeberin aufmerksam an.

„Ach, wissen Sie, eigentlich brauche ich nur jemanden, der mich auf dem Platz ab und zu ablenkt, und sich mit mir unterhält. Und außerdem, vielleicht können Sie mir tatsächlich den einen oder anderen Tipp auf den Grüns geben. Ansonsten werde ich schon allein zurechtkommen. Für den Sieg wird es sowieso nicht mehr reichen. Ich glaube kaum, dass sieben Schläge aufzuholen sind. Ich will nur das Turnier einigermaßen solide zu Ende spielen."

„So bescheiden sollten Sie aber nicht sein. Immerhin sind Sie Deutschlands beste Golferin." Roland schaut Sandra ins Gesicht.

„Danke für das Kompliment". Sandra schüttelt ihren Kopf und lacht. „Aber eine gute Position auf der Rangliste hilft auf dem Platz überhaupt nicht. Da draußen muss jeder Schlag sitzen. Leider habe ich das an den letzten Tagen nicht immer so hinbekommen."

„Das ist mir schon klar. Dennoch! Ich habe diesen Platz selbst ein paarmal gespielt und kenne ihn recht gut. Vielleicht kann ich Ihnen ja wirklich den einen oder anderen Rat geben. Ich muss nur erst sehen, wie Sie heute drauf sind."

Sandra lächelt ihn freundlich an. „Ja, wenn Sie meinen, probieren wir es einfach mal aus. Mut haben Sie jedenfalls."

„Gestatten Sie mir einen ersten Tipp", Roland schaut sie ernst an. „Ich habe mal gelesen, Sie seien so etwas wie ein Trainingsweltmeister. Denken Sie einfach, es wäre heute eine Trainingsrunde. Dann sind Sie ganz locker. Und ab und zu gebe ich Ihnen einige Tipps."

Sandra zuckt mit den Schultern, dreht sich um und geht in Richtung des ersten Abschlags. „Kommen Sie, ich muss in 10 Minuten abschlagen."

Welcome

Sie gehen um das Gutshaus herum. Vor ihnen auf einer kleinen Anhöhe, die von einer mächtigen Steinmauer abgestützt wird, der erste Abschlag. Eine Treppe aus großen Quadersteinen führt hinauf zum ersten Tee. Um zum Abschlag zu gelangen, müssen Sandra und Roland an der gemütlichen Terrasse des Gutshofes vorbei. Dort haben es sich bereits einige Zuschauer bequem gemacht und genießen ihren Kaffee oder kleinen Imbiss. Die Terrasse ist nicht sehr groß, und so sind nur wenige der gepolsterten Sessel unbesetzt. Die Blumenkästen auf der Balustrade zum Hof quellen über von bunten Geranien. Links vor der mächtigen Mauer plätschert auf dem quadratischen Zierrasen ein kleiner Springbrunnen. Die Sonne taucht den Sprühregen der kleinen Fontäne in leuchtende Regenbogenfarben.

Während Roland reichlich Verpflegung und Trinkflaschen in dem riesigen Tour-Bag seiner Spielerin verstaut, steigt Sandra die Steintreppe zum ersten Abschlag hinauf. Hier wartet schon ihre Mitspielerin, die Spanierin Maria Gonzales, zusammen mit ihrem Caddy Rinaldo. Sandra stellt den beiden Roland als ihren Ersatz-Caddy vor, was von Maria mit einem freundlichen Lächeln quittiert wird.

„Hi, welcome."

Von der offiziellen Starterin des Turniers erhalten die beiden Spielerinnen noch ihre Score-Karten sowie ein kleines Birdie-Book mit den aktuellen Fahnenpositionen und vielen Details zum Platz. Während Sandra und Maria ihre Score-Karten austauschen steckt Roland das Birdie-Book in die große Fronttasche seines Leibchens.

„Im Flight Nr. 19 begrüßen wir am Tee die Nr. 1 in Deutschland, Sandra Semmling", tönt es auch schon aus der Lautsprecheranlage. Die hinter dem Abschlag stehenden Zuschauer begleiten die Begrüßung der Spielerinnen mit anhaltendem Applaus.

Tee 1, Par 4, 290 m

Sandra steht hinter dem aufgeteeten Ball und schaut die erste Spielbahn hinunter Richtung Fahne, welche in der Ferne entfernt sichtbar ist. Die Proetten spielen von den gelben Abschlägen, die üblicherweise von den männlichen Amateuren benutzt werden. Die Bahn 1 ist als eher kürzeres Par 4 Loch ein guter Einstieg in die Golfrunde. Das Fairway ist breit und leicht wellig. Auf der gesamten linken Seite zieht sich entlang der Spielbahn ein Gehölz. Ab und zu sieht man die weißen Pfähle der Ausgrenze unter dem Buschwerk blitzen. In der Landezone der Drives ragt rechts ein großer Bunker noch leicht ins Fairway hinein. Sandra hat ihren Ball etwas links aufgeteet und schlägt ihren Drive locker in einer leichten Rechts-links Kurve am Bunker vorbei mitten auf die Spielbahn. Ein sehr guter Abschlag, den das fachkundige Publikum mit großem Applaus begleitet. Roland übernimmt den Driver und reinigt ihn sofort mit einem Tuch. Er schmunzelt leicht über die gelb-schwarze Driver-Haube, die er nun über den großen Schlägerkopf stülpt, unverkennbar eine Biene.

Na, wenn das mal kein gutes Omen ist, denkt er sich. *Wie die Farben meiner Lieblingself.* Er nimmt das schwere Bag auf die Schulter und geht hinter Sandra hinunter aufs Fairway, nachdem auch Maria einen ordentlichen Drive an die rechte Kante geschlagen hat.

Etwas später steht Roland neben Sandra am Ball und schaut in Richtung Fahne.

„77 Meter bis zum Loch" sagt er, nachdem er kurz ins Birdie-Book geschaut hat.

Das Grün wird vorne links von einem Grünbunker gut verteidigt. Rechts vom Grün liegt hinter einem aufgeschobenen Damm ein Teich, der aber für die Proetten nicht ins Spiel kommt. Nach hinten senkt sich das Gelände recht schnell ab. Dort verläuft ein befestigter Weg, der sich von links unten nach rechts hangaufwärts zieht. Auf diesem Weg steht ebenfalls ein Hubwagen der Fernsehgesellschaft. Von dort kann die Kamera das Spielgeschehen gleich auf vier Spielbahnen beobachten.

Roland zeigt mit seiner Hand zum Grün. „Die Fahne steht heute ziemlich weit rechts hinten. Das Grün fällt dahinter leicht ab. Ich würde es trotzdem nicht mittig oder links der Fahne anspielen, denn dort ist die Grünoberfläche ziemlich wellig. Am besten wird es sein, die Fahne direkt anzuspielen, dort ist es eben. Dies wäre eine gute Putt-Situation."

Sandra schaut Roland in die Augen. „Das ist aber auch der riskantere Schlag. Aber wenn Sie so optimistisch sind, sollte ich es ja wohl auch sein. Geben Sie mir das kleine Wedge."

„Eine leichte Links-rechts-Kurve wäre super." Roland muss leicht grinsen. „Denken Sie einfach, wir trainieren hier bloß ein wenig."

Sauber getroffen fliegt der Ball von links kommend aufs Grün, landet gut zwei Meter links neben der Fahne und rollt nur noch wenig nach rechts hinter das Loch.

„Klasse Schlag, gratuliere." Roland nickt kurz mit dem Kopf und nimmt den Schläger.

Neben Sandra stehend sieht sich Roland die Putt-Linie an. Genau wie er vorhergesagt hat, ist es rund um das Loch ziemlich eben. „Der Putt wird so gut wie keinen Break annehmen. Leicht rechts neben der Mitte anhalten."

Robert übergibt den sauberen Ball, den Sandra an die markierte Stelle auf dem Grün platziert. Sie schaut sich auch noch einmal kurz die Putt-Linie an, nickt, geht an den Ball und macht zwei Probeschwünge. Dann spricht sie den Ball endgültig an, und mit einer zügigen Pendelbewegung schiebt sie den 2-Meter-Putt mitten ins Loch. Birdie.

„Wow, das fängt ja super an!" Roland nimmt den Ball aus dem Loch und grinst sie schief von unter an.

Tee 2, Par 4, 383 m

Vom zweiten Abschlag hat man einen herrlichen Blick ins Tal. Links im Talgrund leuchtet ein kleiner Weiher, dahinter ist das Fairway einer weiteren Spielbahn zu erkennen. Mit einem sauberen Abschlag dürfte der Weiher aber nicht ins Spiel kommen, wie auch nicht das Buschwerk unten rechts neben dem Fairway. Unten in der Senke stehen an der rechten Seite einige kleine Bäume, und vereinzelt erkennt man bunte Blumenbeete entlang eines abseits liegenden Weges. Dieser führt zu einem kleinen Gehöft, das rechts hinter dem Buschwerk unter hohen Bäumen mehr zu erahnen ist. Das Grün des zweiten Loches liegt gegenüber am Talende, fast auf Augenhöhe mit dem Abschlag. Die Spielbahn verläuft also zunächst steil bergab und dann wieder bergauf. Auf dem Hügel oberhalb des Grüns steht ein weiterer Kameraturm. Das Gerüst ist mit dunkelgrünen Planen verkleidet. Der Platz auf dem Hügel wurde gut gewählt. Von dort hat Der Kameramann die Möglichkeit, den

Spielbetrieb auf gleich mehreren Spielbahnen zu verfolgen und seine Bilder live über den Äther zu senden.

Sandra bringt mit einem guten Drive ihren Ball mitten aufs Fairway und hat erneut eine sehr gute Ausgangslage für den zweiten Schlag. Nun steht sie etwa 120 Meter unterhalb des Grüns, um sich auf den zweiten Schlag ins Grün vorzubereiten. Dieses ist durch eine große Welle zweigeteilt, die Fahne steht weit links, kurz hinter der Welle, auf dem obigen Plateau.

„Rund 143 Meter bis zur Fahne."

Roland nimmt das 7er Eisen aus dem Bag und reicht es Sandra, die den Ball nach einem letzten kurzen Blick auf die Fahne in Richtung Grün schlägt. Er beschreibt eine Rechts-links-Kurve, stärker als sie wohl angenommen hat, landet oben auf der Welle, rollt aus und bleibt weit hinter dem Loch im Vorgrün liegen.

„Sorry, das war keine gute Annäherung", murmelt sie in Richtung Roland.

Der schaut bereits aufmerksam in Richtung Ball und reinigt kurz das überreichte Eisen.

„Ein schwieriger Putt."

Roland steht neben Sandra am Ball und schaut sich das Grün in Richtung Fahne an. Hinter ihnen sind mehrere Metallstangen in den Boden gesteckt. Eine weiße Schnur sorgt dafür, dass die Zuschauer genügend Abstand von den Spielerinnen wahren. Hinter Sandras Ball hat sich bereits eine Schar Interessierter eingefunden und verfolgt gespannt das weitere Spielgeschehen. Einige Zuschauer stehen sogar direkt hinter der Puttlinie oberhalb des Grüns und flüstern sich leise etwas über den anstehenden Putt zu.

„Es wird sehr stark auf die Geschwindigkeit des Balles ankommen. Da die Fahne nahe der Welle steht, wird Ihr Gefühl sagen – bloß nicht zu lang. Aber ich sage Ihnen, das Grün steigt zum Loch hin sogar etwas an. Außerdem müssen Sie einen Meter über das Vorgrün putten, und das Gras wächst in unsere Richtung. Also brauchen wir etwas mehr Druck auf den Ball. Ich gebe Ihnen gleich hinter der Fahne einen Punkt an, den Sie anpeilen sollten. Und denken Sie nicht an die Welle."

Roland gibt ihr den Putter und geht in Richtung Fahne. Er schaut sich von dort noch einmal die Putt-Linie an und zeigt dann mit dem Finger auf einen Punkt, der genau oben auf der Welle liegt.

„Druck geben", sagt er noch einmal, „ich lass die Fahne stecken, sie könnte helfen."

Sandra stellt sich an den Ball, holt aus und schiebt ihn genau auf der angezeigten Linie in Richtung Loch. Der Ball hat Tempo. Lange Zeit sieht es aus, als wäre er zu schnell unterwegs. Doch dann wird er mit einem Mal sichtbar langsamer, schleicht förmlich weiter in Richtung

Loch und trifft mittig den Fahnenstock. Der Ball fällt ins Loch, Birdie. Die Zuschauer jubeln. Das war wirklich ein toller Putt. Sogar Maria applaudiert und klatscht Sandra anerkennend ab. Während Roland ihr den Putter abnimmt und in Richtung des abgelegten Bags schlendert, schaut Sandra ihm mit großen Augen nach.

Maria spielt ein Par. Dann geht die kleine Gruppe der Spielerinnen mit ihren Caddies rechts um den Kameraturm herum, über den kleinen Hügel mit den niedrigen Büschen, und wendet sich nach links. Über einen wassergebundenen Fahrweg geht es zum nächsten Abschlag.

Tee 3, Par 3, 180 m

Die Gruppe vor ihnen puttet noch auf dem Grün der dritten Bahn, das erste Par 3 Loch der Runde. Roland steht neben Sandra auf dem von einer niedrigen Buchsbaumhecke umsäumten Abschlag und genießt den Blick über diese kurze Spielbahn. Am Horizont erkennt man mehrere seichte, bewaldete Hügel. Und noch weiter dahinter sind als dunkle Schatten die ersten höheren Berge des Bayrischen Waldes zu erahnen. Rechts der Spielbahn verläuft ein befestigter Weg mit einigen Zuschauern, die sich in Höhe des Grüns etwas drängen. Vor dem Grün lauert rechts ein mächtiger zweigeteilter Bunker, dessen weißer Sand in der Sonne blinkt. Die Fahne ist heute anspruchsvoll kurz hinter diesem Bunker gesteckt. Das Grün fällt steil von dem dahinter angelegten Hügel nach vorn, also zum Bunker hin, ab. Zudem ist dieses Loch mit etwa 175 Meter zur Fahne auch nicht gerade kurz. Insgesamt also ein anspruchsvoller Schlag.

Zwei Birdies auf den ersten beiden Bahnen, wer hätte sich so einen Einstand in die Finalrunde gedacht. Ein Blick in Sandras Gesicht zeigt Roland eine freundliche Ruhe, die sich rasch nach der Anspannung am ersten Abschlag eingestellt hat. Er selbst ist auch nicht mehr so nervös wie noch vor einer guten halben Stunde. Da, jetzt verlassen die Spielerinnen vor ihnen das Grün, und Roland reicht Sandra ein Eisen 5. Sie schaut ihn überrascht an.

„Ein 6er Eisen wird doch auf diese Entfernung leicht reichen", tadelt sie ihn leise.

„Ich habe gesehen, wie sie vorhin einen wohl überlegten Fade gespielt haben. Ich denke, dies ist auch hier genau der richtige Schlag. Nicht volle Power, sondern locker und leicht den Ball mit einem Dreiviertelschwung etwas von links am Bunker vorbei sanft aufs Grün bringen. Der Ball sollte ruhig hinter der Fahne landen, den Rest erledigt dann die Schwerkraft. Und wenn ich mir hier diese Aufzeichnungen so ansehe, ist der Putt von hinten leichter als von allen anderen Seiten." Roland wirft noch einmal einen kurzen Blick ins Birdie-Book. „Also, ein

Dreiviertelschwung mit einem leichten Fade, das ist doch ein Klacks für Sie."

Roland schaut ihr zuversichtlich in die Augen und lächelt leicht. Zögernd nimmt Sandra den Schläger und teet ihren Ball auf. Mit einem letzten kurzen Blick auf Roland richtet sie sich etwas nach links auf und öffnet leicht ihren Stand. Der Ball beschreibt genau die leichte Kurve, die Roland vorher beschrieben hat. Sanft landet der Ball mitten auf dem Grün und driftet mit einer leichten Rechtskurve, entsprechend der Neigung, direkt hinter die Fahne. Etwa vier Meter hinter dem Stock bleibt er liegen. Sandra dem Ballflug schaut noch lange nach, schüttelt leicht den Kopf und reicht Roland den Schläger.

„Ich glaube es einfach nicht."

Die Worte sind so leise gesprochen, dass Roland sie eher erahnt als hört.

Maria entscheidet sich für ein kürzeres Eisen und schlägt den Ball kräftig und hoch ins Grün, direkt auf die Fahne zu. Zwar kommt der Ball kurz hinter dem Bunker auf dem Grün auf, trifft dort aber wohl eine harte Stelle, denn er springt weit nach rechts und landet kurz neben dem Grün im First Cut. Sandra schüttelt wieder den Kopf und schaut hinüber zu Roland, der bereits das Bag geschultert hat und auf dem Weg zum Grün unterwegs ist.

Den schwierigen Pitch hat Maria gut gemeistert und den Ball bis auf knapp zwei Meter neben das Loch gebracht. Damit hat sie sich eine Par-Chance erhalten.

„Der Putt ist gut machbar."

Diesmal ist es Sandra, die aus der Hocke die Linie zum Loch anvisiert. Roland steht hinter ihr und nickt leicht.

Da brauche ich nicht einzugreifen, denkt er sich und geht auch schon von Sandra weg Richtung Grünrand.

Sandra blickt noch einmal kurz zum Loch, stellt sich an den Ball und richtet ihren Schläger aus. Der Ball läuft direkt auf die Fahne zu, die Geschwindigkeit müsste passen. Da, ein paar Zentimeter vor dem Loch, springt er plötzlich zur Seite, rasiert die rechte Lochkante, lippt aus und bleibt eine Handbreit hinter dem Loch liegen. Während von den Zuschauern ein langgezogenes „Ohhhh" zu hören ist, schaut Sandra immer noch ungläubig in Richtung Loch. Während sie langsam aufs Loch zugeht um den Ball noch den letzten Stoß ins Loch zu geben, kommt Roland hinzu und sieht sich das Grün rund ums Loch genauer an. Da, jetzt erkennt er eine kleine Spikemarke und zeigt sie Sandra.

„Das ist meine Schuld, ich hätte mir doch besser das Grün genauer ansehen sollen."

Mit leicht gesenktem Blick nimmt er Sandra den Putter aus der Hand.

„Macht nichts, es kann ja nicht immer gut gehen."
Sandra kann schon wieder lächeln.

„Drei Birdies auf den ersten drei Löchern wären ja auch
zu viel gewesen", flachst sie und schiebt Roland leicht
an.

Tee 4, Par 4, 315 m

Nachdem Maria ihren Putt zum Par einlochen konnte,
stehen sie nun am vierten Abschlag. Roland schaut ruhig
das Fairway hinunter.

Das Loch hat mich schon immer fasziniert, denkt er.

Wie eine Wanne verläuft der erste Teil der Spielbahn
zwischen zwei mächtigen Hügelketten links und rechts.
Er weiß, hinter den rechten Erhöhungen lauert die
Ausgrenze, direkt an dem Maisfeld, dessen dunkelgrüne
Pflanzen noch ziemlich niedrig sind. Dort, wo die rechte
Hügelkette zu Ende geht und sanft ausläuft, steht ein
mächtiger Baum. Hinter dem Baum fällt die Bahn nach
rechts ab. Die direkte Entfernung zum Grün ist durch das
Dogleg nach rechts nicht allzu weit. Mit einem sehr
guten, langen Abschlag könnte man rechts am Baum
vorbei bis kurz vor das tiefer gelegene Grün kommen,
doch der Schlag ist durch die nahe Ausgrenze ziemlich
riskant.

Roland nimmt ein kleines Fairway-Holz aus dem Bag.

„Sie sollten hier lieber auf den Driver verzichten, ein zu langer Abschlag läuft Gefahr hinter dem Dogleg nach hinten ins Rough zu laufen. Ein Abschlag kurz hinter den Baum ist absolut in Ordnung", raunt er Sandra zu, die nur nickt.

Wie schon auf den letzten Bahnen ist ihr Abschlag nahezu perfekt und landet gut 20 Meter hinter dem Baum Mitte Fairway, bleibt auch noch oben auf dem Plateau. Von dort aus ist es nur noch ein Wedge ins Grün, zumal die Fahne heute auch noch vorne steht.

„Wir haben leichten Wind von rechts vorn, das wird kein einfacher Schlag".

Roland steht am Ball und schaut aufmerksam in Richtung Grün. Dieses wird links von einem kleinen Teich und rechts von einem ausgedehnten Bunker verteidigt. Nach hinten steigt es deutlich an. Dies bedeutet aber auch, dass die meisten Bälle, die auf dem Grün landen, in Richtung Teich rollen. Sandra, die neben ihm steht, hat schon ein Wedge in der Hand.

„Das Grün fällt merklich zum Teich hin ab. Der schmale Streifen zwischen Wasser und Vorgrün ist auch noch kurz gemäht. Ein Ball, der dort landet, wird unweigerlich in den Teich rollen. Dazu kommt, dass die Landezone vor der Fahne klein ist. Ich würde sagen, sie sollten den Ball etwas über die Fahne hinaus und zwar nach rechts zwischen Fahne und Bunker spielen. Der Spin wird dann den Ball wieder zurückbringen, so dass er unterhalb der Fahne liegenbleibt. Das wäre ideal für einen guten Birdie-Putt."

„Also, ich muss schon sagen, leichte Aufgaben stellen Sie mir aber nicht", der Tadel klingt eher wie ein Scherz.

Der Schlag klingt gut, der Ball steigt hoch in die Luft und beschreibt eine leichte Kurve nach rechts. Auf dem höchsten Punkt über dem Grün macht sich der leichte Windzug von vorn bemerkbar, bremst den Ballflug ab, so dass die weiße Kugel steil herunterfällt und kurz hinter der Fahne landet. Er springt noch einmal leicht in die Luft, dann ist auch schon vom Fairway aus eine langsame Rückwärtsbewegung zu erkennen. Sandra steht noch im Finish, als der Ball gut einen Meter unterhalb des Loches liegenbleibt.

„Wow, geht doch." Roland grinst.

Nachdem auch Maria eine gute Annäherung gespielt hat, gehen beide Spielerinnen den leichten Hang hinunter zu Grün. Rechts auf dem Weg, nahe der Ausgrenze, stehen wieder einige Zuschauer und applaudieren den beiden Proetten. Maria muss zuerst putten, da ihr Ball etwas weiter vom Loch entfernt ist, und so hat Roland Gelegenheit, einem Entenpaar zuzusehen, das am gegenüberliegenden Rand des Teiches zwischen gelbblühenden Wasserlilien nach Essbarem sucht.

Tee 5, Par 4, 359 m

Sandra's Putt auf der Vier fällt wie erwartet zum nächsten Birdie. Nun stehen die Spielerinnen mit ihren Caddies auf dem Abschlag der fünften Spielbahn und warten darauf, dass der Flight vor ihnen die Landezone in Richtung Grün verlässt. Die fünfte Bahn steigt im letzten Drittel steil zum Grün hinauf an. Weit oben auf dem mächtigen Hügel lässt sich in der Sonne die dünne Linie des Flaggenstocks erkennen. Damit die Spielerinnen vom tief liegenden Fairway aus auch die Fahnenposition erkennen können, wurde extra ein langer Flaggenstock gewählt. Links auf dem Hügel neben dem Grün ist eine Metallplatte aufgestellt, mit einem ausgesägten Golfspieler. Selbst vom Abschlag aus ist die Figur gegen den blauen Himmel gut zu erkennen.

Am linken Rand des Fairways stehen einige größere Bäume, das Gras darunter ist recht hoch und liegt komplett im Schatten. Nach rechts ist die Landezone eigentlich recht breit, allerdings lässt sich durch die Schattierung im Gras erahnen, dass die Greenkeeper direkt in der Landezone nur eine schmale Gasse ins Rough gemäht haben. Zu weit nach rechts darf man nicht zielen, ein langer Drive würde unweigerlich die dort drohende, anhand der weißen Posten gut sichtbare Ausgrenze überqueren.

Unmittelbar vor dem Abschlag liegt wiederum ein kleiner, fast runder Teich, der von mittelhohem

Strauchwerk umgeben ist. Auf dem Wasser erkennt man einige Teichrosen. Libellen schweben über ihnen. Ein kleiner Frosch sitzt auf einem großen Teichrosenblatt in der Sonne und scheint die Wärme zu genießen.

„Ideal wäre es, das Fairway mittig zu treffen", meint Roland „aber aus dem Semi-Rough ist auch noch ein brauchbarer zweiter Schlag möglich. Also, hier gibt es noch keine großen Probleme."

Roland nimmt mit einem leichten Schmunzeln Biene Maja vom Driver und reicht ihn seiner Chefin. Sandra teet den Ball mittig hinter dem kleinen Teich auf. In das Strauchwerk haben die Greenkeeper extra eine schmale Schneise für den Abschlag geschnitten. Der Drive geht gut ab vom Tee, bleibt aber doch eher gerade, trifft die schmale Landezone und rollt von dort noch etwas ins Semi-Rough.

„Halb so schlimm", murmelt Roland.

Maria hat ihren zweiten Schlag schon in Richtung Grün gespielt. Er ist dort oben so weit hinten aufgekommen, dass man ihn vom Fairway aus nicht mehr sieht.

„Die Fahne steckt ziemlich weit vorne." Roland schaut noch einmal in sein Birdie-Book.

„Das Grün fällt sehr stark zu uns hin ab. Es ist wie eine Halbkugel geformt. Maria wird wohl die hintere Hälfte des Grüns getroffen haben. Von dort ist der Putt aber sehr schwierig. Wenn der Ball das Loch nicht trifft, wird er wieder weit vom Grün herunter rollen. Sie sollten den Ball flach spielen, und vor dem Grün aufkommen lassen. Dann hat er die Chance, unterhalb vom Loch zu bleiben, was den Putt vereinfacht."

Roland nimmt ein 5er Eisen aus dem Bag. „Ein Puntch mit einem dreiviertel Schwung müsste reichen."

Sandra sieht ihn wieder einmal mit großen Augen an. So hat sie diese Bahn an den letzten drei Tagen nie gespielt. Leider ist sie auch zweimal mit einem Bogey von diesem schwierigen Grün gekommen. Nicht umsonst ist die Fünf die schwerste Bahn auf dem Platz. Nun steht sie hinter dem Ball und schaut sich mit ihrem inneren Auge die beabsichtigte Fluglinie an. Dann nimmt sie ihren Stand ein, macht einen kurzen Probeschwung, um ein Gefühl für den Puntch zu bekommen, und schlägt den Ball. Dicht über das Fairway zischt er den Hang hinauf, kommt zweimal kurz auf, fast so wie ein Stein, den man über das Wasser springen lässt. Oben vor dem Grün hat er immer noch einen Drall nach vorn, wird aber durch das starke Gefälle abgebremst, rollt kurz nach links und bleibt wie angeklebt kurz vor dem Vorgrün im Hang hängen.

„Puh, hoffentlich bleibt er liegen, sonst rollt er uns fast bis vor die Füße."

Roland wischt sich kurz über die Stirn. Dann schultert er das schwere Bag und macht sich an den mühsamen Aufstieg.

Der Ball hat gehalten und liegt immer noch wie angeklebt im erkennbaren Gefälle des Vorgrüns, als sie das Grün erreichen.

„Es geht zum Loch mächtig bergan." Roland hockt in sicherer Entfernung hinter dem Ball.

„Der Putt darf keinesfalls zu lasch gespielt werden, sonst rollt er wieder herunter. Konsequent und mit gutem Zug, so als wär das Loch zwei Meter hinter der Fahne, ist das Beste. Ich lass die Fahne auch stecken, das kann uns helfen."

Sandra hockt sich neben Roland, ihr Gesicht kommt dem seinen ganz nah. Voll konzentriert schaut sie sich die Linie an.

„Ich werde ihn gut einen halben Meter links anhalten" sagt sie leise, „ich denke, das könnte passen."

Roland nickt und Sandra stellt sich an den Ball.

„Denken Sie daran, das Loch ist zwei Meter weiter", kann Roland noch sagen, dann ist der Ball auch schon unterwegs. Die Linie ist gut. Links gestartet macht er in dem deutlichen Gefälle in Höhe der Fahne einen Rechtsschwenk und rollt durch das eigene Gewicht auf das Loch zu. Fast schon ohne Geschwindigkeit rasiert er die hintere Lochkante, lippt leicht aus, und rollt doch noch wieder gut einen halben Meter den Hang hinunter.

„Das war super." Roland berührt leicht Sandras Arm. „Ein Par auf dieser Bahn ist klasse, mehr war kaum zu erwarten."

Wie zu befürchten war, rollt Marias Ball nach ihrem Putt vom hinteren Teil des Grüns am Loch vorbei. Durch die steile Hanglage nimmt er immer mehr Geschwindigkeit auf und wird erst abgebremst, als er das Grün verlässt und über das Vorgrün rollt. Nun liegt er weiter weg vom Loch als der Annäherungsschlag von Sandra. Maria schüttelt nur mit dem Kopf. Dann chippt sie den Ball aus dem Vorgrün und hat dabei noch Glück. Er bleibt etwas links unterhalb der Fahne liegen. Mit Mühe kann sie den Putt zum Bogey einlochen. Sandra dagegen spielt wie erwartet ein Par.

Als sie zum Abschlag der nächsten Bahn weiter den Hügel hoch gehen, hört Roland, wie Maria mit Sandra tuschelt.

„Hi, your new caddy is a good fellow, you have a real chance to win." Sandra schüttelt leicht ihren Kopf.

Tee 6, Par 3, 130 m

Sie stehen so ziemlich auf dem höchsten Punkt des Platzes, zumindest der ersten Halbrunde. Die Sonne meint es gut an diesem Tag, es ist warm. Vor ihnen liegt ein kurzes Par 3 Loch. Links vom Abschlag ist wieder ein

Kameraturm aufgebaut. Außerdem hat man eine kleine Tribüne aufgestellt, auf der vielleicht 50 Personen Platz finden. Die Tribüne ist im Moment nicht voll besetzt. Dies liegt sicherlich auch daran, dass dieser Abschlag in der entferntesten, äußersten Ecke des Platzes, und damit weit weg vom Gutshof, liegt.

Das sechste Grün wird sehr gut von zwei mächtigen Bunkern verteidigt. Der eine Bunker liegt frontal vor dem Grün und muss auf jeden Fall hoch überspielt werden. Der anderen Bunker liegt weit unterhalb an der rechten Seite und zieht sich fast bis zur Mitte des Grüns. Das Grün selbst besteht aus zwei Ebenen, mit einer ziemlich ausgeprägten querliegenden Welle in der Mitte. Die Fahne steht heute leicht rechts unterhalb der Welle. Bei einem direkten Anspiel besteht die Gefahr, dass der Ball rechts vom Grün in den rechten, tiefen Bunker rollt.

„Wir müssen den Ball auf jeden Fall links der Fahne platzieren."

Roland schaut dabei in den Himmel, um die Windrichtung zu prüfen. Der Wind ist nicht stark, aber er kommt spürbar von rechts. Die kühle Brise ist angenehm.

„Wahrscheinlich wird hier jeder die Grünmitte anvisieren oder vielleicht einen leichten Fade spielen. Ich denke aber, die beste Möglichkeit zum Birdie erspielt man sich, wenn der Ball mit einem Draw zwischen Bunker und Fahne aufkommt. Das ist allerdings ein sehr schwieriger

Schlag, die Landezone ist schmal. Wenn der Ball rund fünf Meter vor der Fahne aufkommt wird er nicht auf das obere Plateau hochlaufen."

Sandra schaut ihn groß an.

„Sie glauben doch nicht, ich könnte hier heute noch gewinnen", sie schüttelt wieder mit dem Kopf.

„Ich muss schon sagen, Sie sind ganz schon mutig, mir derartige Ratschläge zu erteilen. Aber irgendwie macht es mir Spaß, und was soll es, ich kann ja eh nur noch einige Plätze gut machen. Meine Siegchancen habe ich an den letzten Tagen schon verspielt."

Sie nimmt ihr Eisen 8 aus dem Bag und richtet sich am Tee leicht nach rechts aus. Maria schaut ihr verdutzt zu, einige Zuschauer auf der Tribüne raunen erstaunt.

Der Abschlag startet ziemlich weit rechts, und es sieht lange Zeit so aus, als würde er direkt im tiefen Bunker landen. Aber am höchsten Punkt in der Luft driftet er plötzlich nach links. Hat er vielleicht doch eine leichte Böe mitbekommen? Jedenfalls landet er im Vorgrün zwischen Bunker und Fahne, springt noch leicht nach vorn und läuft rechts am Loch vorbei auf die dahinter liegende Welle zu. Sandra schaut gespannt im Finish dem Ball hinterher. Jetzt hat er die Welle erreicht, läuft leicht bergan, wird deutlich langsamer und dreht etwas nach links. Auf halber Höhe angekommen rollt er wieder hinunter, nun fast direkt auf die Fahne zu. Knapp einen halben Meter links des Loches bleibt er liegen.

„Wow, it's perfect", ruft Maria anerkennend aus und klatscht Sandra ab, als diese den Abschlag verlässt. Von der Bühne tosender Applaus.

Sie bleibt vor Roland stehen, schaut ihm lange ins Gesicht, als wollte sie fragen, wer bist Du. Nachdem Maria, wie erwartet die linke Grünhälfte angespielt hat, und ihr Ball etwa acht Meter vom Loch entfernt liegen bleibt, nimmt Sandra wortlos ihren Putter aus dem Bag und geht in Richtung Grün.

Sandra hat ihren Ball markiert und aufgenommen. Nun dreht sie sich um und schaut noch einmal Richtung Abschlag. Mit den Augen versucht sie, ihren Schlag ins Grün nachzuvollziehen. In Gedanken lässt sie noch einmal den Ball auf dem Grün auslaufen, schüttelt dabei immer wieder leicht ihren Kopf. Maria schiebt ihren Ball zu einem sicheren Par ganz nahe an das Loch. Nun nimmt Sandra von Roland den gesäuberten Ball und geht zu ihrer Marke. Ein kurzer Blick auf die Linie und schon ist der Ball zum Birdie versenkt. Sie wird dafür noch einmal von Maria abgeklatscht, nachdem sie ihren Ball mit einem Tapp-In zur Drei versenkt hat.

Tee 7, Par 5, 490 m

Gemeinsam gehen sie über den befestigten Weg für die E-Carts zum nächsten Abschlag. Mit der siebten Bahn wartet das erste Par 5 des Platzes auf die Spielerinnen. Es ist die längste Bahn der ersten Halbrunde. Der hohe Abschlag erlaubt einen wunderbaren Blick über den parkähnlich angelegten Golfplatz. In der klaren Luft erkennt man in der Ferne einen Wald sowie, weit dahinter, die entfernten Ausläufer des Bayrischen Waldes. Das Fairway liegt im Tal etwas auf der linken Seite. Rechts vom Fairway liegt ein Acker. Dieser befindet sich bereits im Aus. Die weiß gesteckte Ausgrenze ist gut hinter einer niedrigen Baumreihe zu erkennen. Am Ende des Ackers schwenkt die Spielbahn in einen fast rechtwinkligen Dogleg nach rechts. Nach einem weiteren Dogleg, diesmal nach links, erkennt man vom Abschlag aus bereits das hoch gelegene Grün. Die Spielbahn hat deutliche eine S-Form, mit einer querliegenden Welle, die das zweite Drittel des Fairways noch einmal tiefer abfallen lässt. Rechts hinter dem Acker steht eine dichte Baumgruppe, fast schon ein kleiner Wald. Auch wenn die Profi-Spielerinnen ihr Turnier von den gelben Abschlägen aus spielen, können die meisten von ihnen mit einem guten Abschlag den im „Aus" liegenden Acker überwinden, und so den Weg zum Grün mächtig abkürzen.

Roland ist zur Labe-Station in dem kleinen Wetterhäuschen links neben dem Weg gegangen, um das Bag neu mit Getränkeflaschen nachzufüllen. Gerade als er die Flaschen verstaut, hört er das typische, satte „Ping" eines Driver-Abschlages. Erstaunt blickt er auf und sieht Sandra im Finish auf dem Abschlag stehen. Sie schaut über den Acker in Richtung Grün, nimmt gerade langsam ihren Schläger herunter und dreht sich suchend zu Roland um.

„Ich glaube, ich habe ziemlichen Mist gebaut. Ich wollte über den Acker abkürzen und habe den Drive wohl in den Wald verzogen", meint sie kleinlaut.

Roland schaut nach oben.

„Nein, ich glaube eher, der Wind von links ist dort unten viel stärker als hier oben." Er deutet auf die Wolken. „Am besten, Sie spielen einen provisorischen Ball links aufs Fairway, und dann schauen wir mal, vielleicht ist der erste Ball ja noch zu finden und spielbar."

Zusammen mit Rinaldo suchen sie nun schon ein paar Minuten nach dem ersten Ball. Er ist wie vom Erdboden verschluckt. Kurz bevor die fünf Minuten Suchzeit zu Ende ist, geht Roland zu Sandra.

„Kommen Sie, es hat keinen Zweck, jetzt spielen Sie einfach den zweiten Ball konsequent zu Ende. Mit einem Schlagverlust können Sie immer noch ganz gut leben." Er nimmt das Eisen 3 aus dem Bag.

„Legen Sie den Ball rechts am Hang vor dem Grün ab, dann haben wir einen guten Winkel zur Fahne und alle Möglichkeiten mit einem guten Putt das Loch zu beenden. Einfach locker bleiben."

Sandra nickt und stellt sich in Position. Sie atmet tief durch und konzentriert sich auf den nun schon vierten Schlag. Wie von Roland vorhergesagt, kommt der Ball etwa 50 Meter rechts vor dem Grün, am Hang zur Ruhe.

Um das erhöhte Grün verläuft eine kleine Hügelkette, die von Zuschauern gesäumt ist. Als sich die Spielerinnen dem Grün nähern, empfängt sie freundlicher Applaus. Sandra dankt mit einem Griff an ihre Kappe und geht zu ihrem Ball.

„Die Fahne steht hinten links. Passen Sie auf, dass der Pitch nicht zu kurz bleibt, in der Mitte ist noch eine leichte Welle."

Roland gibt Sandra das Wedge. Die Annäherung ist gut, der Ball liegt knapp ein Meter vor der Fahne.

„Puh, das scheint ja mit einem Bogey noch einmal gutzugehen."

Sandra kann schon wieder lächeln. Sicher schafft sie den kurzen Putt.

Tee 8, Par 3, 167 m

Ein mittellanges Par 3 wartet als nächstes. Da Maria die letzte Bahn in Par spielte, hat sie die Ehre und Sandra und Roland haben etwas Zeit, sich ein genaues Bild zu machen. Die Spielbahn fällt deutlich von links nach rechts ab. Das Grün ist groß, hat aber wieder eine diagonal verlaufende Welle, so dass es in zwei Ebenen geteilt ist. Der Eingang zum Grün ist schmal. Während links hügeliges Rough vorherrscht, ist die rechte Seite durch Bunker verteidigt. Insgesamt fällt das Grün deutlich von hinten links nach vorn rechts ab. Rechts hinter dem Grün ist der kleine Wald, in dem eben Sandras Abschlag auf der Bahn 7 verloren ging.

„Die Fahne steht hinten links oben, gute 185 Meter von hier aus". Roland studiert mal wieder das Birdie-Book.

„Optimal wäre es, das Grün wie an der 6 mit einem Draw von rechts herein anzuspielen. Allerdings spielt es sich hier nach links oben recht lang. Außerdem haben wir Wind von rechts vorn. Ein flacher Punsch, der auf dem Grün die Welle hinaufläuft, wäre ganz gut."

Roland schaut Sandra ermunternd an.

„Kommen Sie, jetzt holen Sie sich den verlorenen Schlag zurück, Sie können das."

Sandra nickt und nimmt ihr Eisen 4 aus dem Bag.

„Wenn Sie daran glauben, dann glaube ich auch daran."

Konzentriert schaut sie noch einmal zum Grün und teet den Ball ganz flach auf.

Der Ball ist im Flug ein wenig zu kurz und kommt im leichten Hang auf der rechten Seite vor dem Grün auf. Da er aber sehr flach gespielt wurde, schießt er förmlich nach vorn und rollt lang, nach links schwenkend, die Welle hinauf. Vom Tee sieht es so aus, als würde der Ball direkt neben der Fahne liegen. Roland klatscht Sandra ab. Vom Grün her anhaltener Applaus.

„Das war wieder ein super Schlag."

Die Perspektive vom Tee hat doch getäuscht. Der Ball liegt fast 4 Meter unterhalb der Fahne. Roland steht leicht gebückt hinter dem Ball und studiert die Linie.

„Der Putt ist gut machbar, für einen Rechtshänder eigentlich ideal. Aber denken Sie daran, etwas Druck zu geben, es geht bergauf, auch wenn es nicht so aussieht. Ich denke, 20 cm rechts vom Loch anhalten müsste genügen. Los, holen Sie sich das Birdie!"

Roland stößt sie leicht in den Rücken. Der Putt ist doch langsamer als gedacht, hält bis zum Loch die Linie und bleibt an der rechten Lochkante liegen. Nein! Plötzlich kippt er doch noch mit einer letzten, unsichtbaren Bewegung hinein.

„Puh, das war knapp." Sandra dreht sich zu Roland um, „ich glaube ich bin mit dem Schläger etwas hängen geblieben."

„Drin ist drin, gratuliere."

Roland ist schon auf dem Weg zum nächsten Abschlag, während die Zuschauer immer noch begeistert applaudieren.

Tee 9, Par 4, 347 m

Roland überquert den geschotterten Weg zum neunten Abschlag. Es geht leicht bergauf. Die Neun ist ein typisches Halbzeit-Loch. Anspruchsvoll, aber mit einem guten Abschlag ist durchaus ein Birdie machbar. Vom Abschlag aus zieht sich das Fairway einen Hügel hinauf. Rechts verläuft der Schotterweg, er befindet sich bereits im Aus. Auf der Kuppe ein fast rechtwinkliges Dogleg nach links. Von der Länge her sind die Proetten durchaus auch in der Lage, vom gelben Abschlag aus über diesen Knick in der Spielbahn abzukürzen. Allerdings stehen links im Knick einige Apfelbäume, die den Drive erschweren.

Roland hat den Driver schon in der Hand, als Sandra den Abschlag betritt.

„Knapp rechts an den Bäumen vorbei, und wenn dann noch ein Draw kommt, ist es der perfekte Schlag."

Roland reicht ihr den Driver und einen neuen Ball.

„Links hinten ist Platz genug, selbst wenn der Ball mehr geradeaus fliegt. Aber ich denke, der Wind von rechts wird noch helfen. Aber bitte nicht in die Sonne sehen, den Kopf unten lassen, ich schau dem Ball hinterher."

Roland deutet auf die hoch stehende Sonne, die genau über dem Hügel steht und den Spielerinnen beim Abschlag mitten ins Gesicht scheint. Sandra nickt und schiebt den Schirm ihrer Kappe weit ins Gesicht. Konzentriert schaut sie über die Apfelbäume und sucht die Linie. Der Ball zischt vom Tee und beschreibt eine hohe Linkskurve direkt um die Bäume herum. Ein optimaler Schlag.

Nun stehen beide rund 100 Meter vor dem Grün und warten darauf, dass Maria ihren zweiten Schlag macht. Ihr Ball liegt auch Mitte Fairway, ist aber vom Abschlag gerade geblieben, und somit hat sie für den zweiten Schlag fast 30 Meter mehr zum Grün zu überwinden. Marias Ball landet sicher auf dem Grün. Die Fahne steht heute ziemlich weit vorn. Zwar ist das Grün auf dem direkten Weg nicht durch einen Bunker bewacht, rechts sind aber kleine Hügel, während links vom Grün das Gelände schnell zu einer dichten Hecke hinab steil abfällt.

„Der Ball muss sehr hoch gespielt werden, aber nicht zu viel Spin, sonst rollt er wieder vom Grün runter. So einen Ball haben wir heute noch nicht gespielt, deshalb weiß ich nicht, welchen Schläger Sie brauchen."

Roland schaut Sandra etwas hilflos ins Gesicht. Sie dreht sich um und schaut in den Himmel.

„Hier oben ist der Wind noch gut wahrzunehmen, da ist man schnell zu weit. Ein offenes, vollgeschlagenes Sandwegde müsste passen."

Sie nimmt den Schläger aus dem Bag und macht abseits des Balles ein paar Probeschläge, bevor sie sich in Ansprechposition begibt. Steil steigt der Ball in die Luft, scheinbar zu hoch, um das Grün zu erreichen. Doch in der Höhe bekommt er Wind und wird weiter in Richtung Grün getragen. Im Vorgrün landend rollt er nur kurz aus und liegt perfekt 2 Meter vor der Fahne. Wieder eine sehr gute Möglichkeit zum Birdie.

Sandra schiebt den Ball locker ins Loch. Das sechste Birdie. Mit dem Bogey auf der Bahn 7 hat Sandra fünf unter auf den ersten Neun gespielt. Ein tolles Ergebnis. Damit dürfte sie sich weit nach vorn gespielt haben. Roland nimmt den Ball aus dem Loch, wischt ihn sauber und geht zum Bag.

„Jetzt haben wir uns wohl eine kleine Pause verdient."

Damit steuert er die Hütte am zehnten Abschlag an, wo schon ein kleiner Imbiss für die Spielerinnen und Caddies wartet.

Halfway

Die massive Holzhütte steht auf einem kleinen Plateau oberhalb des zehnten Abschlags. Vor der Hütte sind ein paar Tische unter dem kleinen Vorbau aufgestellt, sodass Spielerinnen und Betreuer ihre Pause im Schatten

53

genießen können. Die Sonne hat Kraft und es ist warm, aber nicht unangenehm.

Ein Kamerateam hat es sich mit ihren schweren Geräten neben der Hütte ebenfalls bequem gemacht. Die Männer grüßen winkend zu den Spielerinnen herüber. Man kennt sich halt von den vielen Turnieren.

„Hi Sandra, möchtest Du noch einmal Deinen letzten Schlag ins Grün sehen?" Der Kameramann zeigt auf das Gerät, welches auf einem stabilen Stativ ruht. Sandra lacht, winkt aber freundlich ab.

Roland hat Sandras Bag in den Schatten der hölzernen Wand abgestellt und holt sich einen Teller Salat vom Buffet, das liebevoll in der Hütte aufgebaut ist. Eine junge Kellnerin in der typischen ländlichen Tracht, wie sie alle Bediensteten des Maximilian Hotels tragen, bringt ihm das gewünschte Glas Apfelsaftschorle. Sandra kommt hinter der Hütte hervor. Sie hat sich etwas frisch gemacht. Sie holt sich ebenfalls einen Teller Salat und setzt sich zu Roland an den Tisch.

„Ich muss schon sagen, das ist ja bisher richtig gut gelaufen. Vielen Dank für die großartigen Tipps. Aber sagen Sie mal ehrlich, Sie sind doch nicht nur ein einfacher Amateur?" Interessiert blickt sie ihn an, während sie sich eine Gabel mit Salat in den Mund schiebt.

„Doch, aber ich kenne den Platz ganz gut. Ich habe außerdem das unheimliche Glück, dass Sie eine Menge guter Schläge parat haben." Roland muss leicht grinsen.

Sandra blickt ihm voll ins Gesicht. „Und was machen Sie sonst so, wenn Sie mal nicht einer Profispielerin als Caddy aushelfen, z. B. beruflich?"

Roland schluckt seinen letzten Bissen herunter. „Ach ich, ich bin nur ein kleiner Verwaltungsangestellter" stammelt er verlegen. „Zum Glück habe ich eine Tätigkeit, die es mir erlaubt, auch mal zwischendurch frei zu nehmen. Und so kann ich in den Sommermonaten durchaus mal die eine oder andere Golfrunde drehen."

„Und wo kommen Sie her? Entschuldigung, ich bin wohl ziemlich neugierig?" Sandra macht ein schelmisches Gesicht.

„Ich lebe in einem kleinen Dorf in der Nähe von Regensburg. Deshalb bin ich auch öfter mal hier in Bad Griesbach und kenne sämtliche Golfplätze des Ressorts. Ich hoffe, ich nerve Sie nicht mir meinen vielen Tipps. Ich glaube, es waren mehr als ich eigentlich geben sollte. Sie müssen mich ja schon als Besserwisser ansehen, der dazu noch ein kleiner Amateur ist und der sich anmaßt, einer Proette Ratschläge zu geben." Rolands Gesicht zeigt ein schiefes Grinsen.

„Nein, nein, Sie haben das wirklich gut gemacht. Maria hat schon recht gehabt mit ihrer Bemerkung. Ich denke, wir sind hier auf dem Golfplatz ein richtiges Team. Ich habe nichts dagegen, wenn wir Du zueinander sagen. Ich heiße Sandra."

Sie reicht ihm die Hand und lächelt ihn mit klaren, strahlenden Augen an.

„Roland", haucht ihr Gegenüber, eine leichte Röte überzieht sein Gesicht.

Tee 10, Par 5, 494 m

Das erste Loch auf den zweiten Neun ist ein Par 5, die längste Bahn auf dem Platz. Der Abschlag liegt hoch über dem Fairway, zu dem links am blumigen Hang ein geteerter Weg fast 90 Meter steil bergab hinunterführt. Rechts ist die Spielbahn durch einen Hang begrenzt, auf dem sich oben ein dichter Tannenwald hinstreckt. Unten am Waldrand verläuft vor den Bäumen unmittelbar die Ausgrenze. In der Ferne erkennt man das hochliegende Grün. Rund 100 Meter vor dem Grün auf der rechten Seite spiegelt sich ein großer Teich in der Sonne. Auf der Talsohle quert ein unbefestigter Weg das Fairway, ungefähr 250 Meter vom Abschlag entfernt. Links davor befinden sich in der vermeintlichen Landezone der Drives mehrere kleine Bunker.

Im steilen Hang direkt vor dem Abschlag haben die Greenkeeper eine große Wildblumenwiese angelegt.

Schmetterlinge und Käfer schwirren in der Sonne über den zahlreichen bunten Blüten. Vielleicht hat man hier vom Abschlag der 10 den schönsten Blick über den Golfplatz, zumindest auf dieser Seite des Areals.

„Hier kannst Du mal richtig Deine Längen ausspielen."

Das Du kommt Roland noch etwas schwer über die Lippen.

„Ich denke Du kannst es bis über den Weg schaffen, dann kommen zwei relativ einfache Schläge zum Grün. Vielleicht hast Du sogar die Chance, mit dem zweiten anzugreifen."

Roland gibt Sandra einen neuen Ball.

Sandra teet ihn etwas niedriger auf. Von der Höhe des Abschlages aus ist ein flach gespielter Ball genau das richtige. Mit einem flachen Schwung wischt sie den Ball vom Tee. Er fliegt zunächst leicht auf die rechte Seite des Fairways zu, driftet dann aber wieder mit einem leichten Draw auf die Mitte zu. Die weiße Kugel schlägt kurz vor dem Weg auf und macht noch einige weite Sätze nach vorn. Etwa zwanzig Meter hinter dem Weg bleibt sie mitten auf dem Fairway liegen. Das war ein mächtiger Hieb.

Auch Maria schafft es, ihren Ball hinter den Weg zu bringen, ist aber doch deutlich kürzer geblieben. Auch liegt der Ball ziemlich nahe am linken Fairwayrand. Für den zweiten Schlag wird sie einen leicht erhöhten Stand haben, da das Gelände dort schon wieder ansteigt.

Maria legt ihren Ball mit einem sauberen Schlag auf eine Wedge-Länge vor das Grün. Roland steht mittlerweile bei Sandras Ball und schaut sich die Aufzeichnungen im Birdie-Book an. „Zur Fahne sind es noch gut 220 Meter und es geht deutlich bergauf. Das Grün ist recht groß und mittig kaum verteidigt. Rechts und links leichte Hügel, und auf beiden Seiten vorne noch jeweils ein Bunker. Wichtig ist hier die richtige Länge des Schlages, da das Grün zum Fairway hin steil abfällt. Zu kurze Schläge werden unweigerlich wieder vom Grün in Richtung Fairway herunterrollen. Heute wird die Fahnenposition rechts hinten helfen. Der Ball sollte aber schon die leichte Welle hinauf auf das hintere Plateau schaffen, sonst sind alle Putts schwierig."

Sandra ist mittlerweile auch herangekommen und schaut in Richtung Grün, das gerade vom vorherspielenden Flight verlassen wird.

„Nach dem super Abschlag solltest Du angreifen."

Roland hat schon das Holz 3 halb aus der Tasche gezogen. Sandra schüttelt den Kopf.

„Maria hat es richtig gemacht, der nächste Schlag mit dem Wedge bringt ihr doch sicher eine Birdie-Möglichkeit."

58

„Ich habe Dich auf den ersten Neun genau studiert, Du hast heute so tolle Schläge drauf. Du kannst das Grün treffen, und dann hast Du alle Möglichkeiten auf eine gute Runde. Nutz Dein Potential", muntert Roland sie auf.

„Außerdem wird dort oben auf dem Grün der Wind wieder spürbar sein. Und der wird Dir helfen, er kommt nämlich von links hinten und wird den Ball genau in Richtung Fahne bringen. Also nur Mut. Ich glaube an Dich."

Seine Augen sprühen förmlich in seinem lächelnden Gesicht. Er zieht das Holz 3 ganz aus der Tasche, nimmt die Haube ab und reicht es Sandra. Die sieht ihn ernst an, doch dann lösen sich ihre Gesichtsmuskeln und sie lächelt fein.

Etwas nach links ausgerichtet nimmt sie ihren Stand ein. Der Ball liegt ganz leicht bergauf. Dies dürfte für den Schlag noch weiter hilfreich sein. Noch einmal ein kurzer Blick zum Grün, dann schwingt sie den Schläger zurück. Der Klang im Treffmoment zeugt von einem sauberen Schlag. Der Ball fliegt auf den linken Rand des Grüns zu und driftet dann leicht nach rechts. Er kommt auf dem Grün auf, läuft die Welle hinauf und verschwindet aus dem Blick. Einige Zuschauer, die links auf den Hügeln hinter dem Grün stehen, applaudieren laut. Er scheint gelungen zu sein.

Nun stehen Spielerinnen und Caddies ungefähr 70 Meter vor dem Grün. Maria bereitet sich auf ihren dritten Schlag vor. Sandras Ball ist noch nicht zu sehen. Er muss oben auf dem Grün oder kurz dahinter liegen. Maria schlägt ihren Ball hoch ins Grün. Die Zuschauer applaudieren. Sie klatschen immer noch frenetisch, als die kleine Gruppe den Hang hinauf kommt und das Grün erreicht. Zwei Bälle liegen auf dem oberen Plateau in guter Ausgangslage für einen Putt. Doch welcher ist Sandras? Roland geht langsam aufs Grün. Ein Grinsen überzieht sein Gesicht. Sandras Ball liegt perfekt auf Höhe der Fahne, es sind vielleicht noch zwei Meter zum Loch. Marias Gesicht wird ein wenig ernster, als sie erkennt, dass sie den etwas weiteren Weg zum Loch hat. Sandra ist mittlerweile auch auf dem Grün, geht ungläubig zu ihrem Ball und markiert ihn. Sie schüttelt mit dem Kopf. Wieder einmal hat sie den schwierigen Schlag gewagt und eine sehr gute Lage für den Putt erarbeitet.

Jetzt ein Eagle, vielleicht kann ich ja doch noch etwas erreichen, geht es ihr durch den Kopf.

Marias Putt ist gut, er fällt zum Birdie. Nun ist Sandra an der Reihe. Die Gefahr eines Breaks ist nicht zu erkennen. Der Ball muss doch einfach rein. Sie atmet tief durch und stellt sich in Position, ein kurzer Probeschwung, dann höchste Konzentration. Noch einmal tief ausatmen, und schon rollt der Ball vom Schlägerkopf gerade aus zum

Eagle mitten ins Loch. Die Zuschauer jubeln. Einzelne „Sandra", „Sandra"-Rufe sind sogar zu hören.

„Mensch Roland, ich habe nach zehn Löchern doch tatsächlich den Rückstand zur Spitze komplett aufgeholt", Sandra knufft Roland in die Rippen. „Meinst Du, ich habe noch eine Chance zu gewinnen?"

„Bloß nicht an einen Sieg denken, Du musst einfach Deinen guten Lauf nutzen und ganz ruhig und locker weiterspielen. Schlag Dir die Gedanken an einen möglichen Sieg aus dem Kopf, die werden Dir nur schaden. Und immer auf das nächste Loch, auf den nächsten Schlag konzentrieren. Alles andere kommt wie es kommt, von ganz allein."

Roland sieht Sandra ernst ins Gesicht.

„Es ist noch viel zu früh, es sind noch acht Löcher zu gehen, und Du kannst wieder alles verspielen", raunt er den letzten Satz - nur für Sandra hörbar.

Tee 11, Par 4, 336 m

„Komm, das nächste Loch ist zwar relativ kurz, aber das Grün hat es in sich. Drei Ebenen mit starken Wellen, ein Putt von oben nach unten ist tödlich. Hier muss man auf jeden Fall die richtige Ebene treffen, und wenn nicht, sollte man einen Putt von unten haben."

Roland blickt die elfte Spielbahn hinunter, Richtung Grün.

„Die Fahne steckt auf der mittleren Ebene, und wir haben leichten Wind von rechts vorn. Wenn Du über den Weg kommen willst, der quer über das Fairway geht, ist ein Draw gerade richtig. Von links aus lässt sich das Grün auch gut anspielen, da hast Du eine leicht größere Landezone, als wenn Du von rechts oder von der Mitte des Fairways angreifst. Komm, nimm Dich etwas zurück, spiel Deinen Ball konzentriert. Ein Par auf dieser Bahn ist absolut in Ordnung."

Wieder blickt er ernst in ihr Gesicht.

Sie nickt, geht noch einmal an ihr Bag und nimmt einen großen Schluck aus der Flasche. Als sie zum Abschlag geht, ist sie wieder ganz ruhig und konzentriert.

Roland hat absolut recht, denkt sie, dann schaut sie nur noch auf dem Ball. Der Drive landet kurz vor dem Weg und hüpft leicht nach links hinüber. Er dürfte noch ein paar Meter auf dem Fairway machen. Maria dagegen spielt einen leichten Fade. Es ist ihre Absicht, den Weg genau in der Mitte des Fairways zu überwinden. Sie schafft es mit Mühe gegen den leichten Wind.

Maria hat Glück mit ihrer Annäherung. Der Ball trifft zwar das richtige Plateau, rollt aber noch ein wenig die Welle hinauf und dann vom eigenen Gewicht wieder nach unten. Dabei driftet er stark nach links und wird vom wieder leicht ansteigenden Vorgrün abgebremst. Etwas weiter rechts wäre der Ball unweigerlich die Welle zur ersten Ebene hinuntergerollt. Sandra hat ein Gap-Wedge in der Hand. Die Entfernung zur Grünmitte beträgt gut 75 Meter. Das mittlere Plateau liegt deutlich höher. Roland schaut noch einmal in den Himmel und nimmt dann das Wegde aus dem Bag.

„Der Wind kommt ziemlich von vorn, er wird Deinen hohen Schlag abbremsen. Nimm lieber etwas weniger Loft."

Sandra schaut ebenfalls hoch, nickt und wechselt den Schläger. Der Ball geht hoch vom Blatt, wird vom Wind leicht nach links gedrückt, landet im Vorgrün der zweiten Ebene und läuft von dort über das Grün an die gegenüberliegende Kante.

„Zwei Putts zum Par. Das sollte doch reichen."

Roland nimmt das Wedge und säubert es.

Genauso geschieht es.

Tee 12, Par 4, 349 m

Sie gehen durch die zahlreichen Apfelbäume zum nächsten Abschlag. Auf ihrem Weg begleitet sie ein ständiges Summen, Die Wespen machen sich bereits über die noch nicht ganz reifen Früchte her. Ab und zu liegt ein Apfel auf den Boden, die Insekten streiten sich um die kleinen aufgeplatzten Stellen der dicken Frucht, die durch den Sturz aus dem Geäst entstanden sind. Die Bahn Zwölf ist ein mittellanges Par 4. Links, hinter dem seitlich verlaufenden Weg, liegt das Grün vom achten Loch. Dort ist gerade der letzte Flight mit der Führenden angekommen. Roland schaut auf die junge Dame, die eine Tafel mit den aktuellen Spielergebnissen vor sich her trägt. Martina Fisher liegt mittlerweile bei 13 unter. Sandra ist bis auf einen Schlag an sie herangekommen.

Vom Abschlag geht es in eine Senke, das Grün liegt nach einer leichten Rechtskrümmung oben auf einer kleinen Anhöhe. Die Landezone für den Drive ist recht breit. Eigentlich ein Loch, an dem die Spielerinnen versuchen sollten, ein Birdie zu erzielen. Wie so häufig auf dem Platz ist das Grün groß, mit einer erkennbaren Zweiteilung der Ebenen. Die Fahne steht heute am Schlusstag des Turniers rechts oben, ziemlich nah am Grünrand. Dies ist die eigentliche Schwierigkeit für den zweiten Schlag, da man von unten aus die genaue Position der Fahne im Grün nicht erkennen kann, und entweder zu kurz bleibt, oder der Ball geht über das Grün hinaus. Ein Chip vom Hügel hinter dem Grün bergab ist der übelste Schlag, den man an diesem Loch machen kann.

Sandra hat den Drive mit gewohnter Ruhe lang auf die Mitte des Fairways platziert. Maria drived ebenfalls sehr gut und so liegen die Bälle dicht beieinander. Maria hat den nächsten Schlag. Sie entscheidet sich für ein Eisen 9, der Ball kommt auf dem unteren Plateau auf und rollt die Welle hinauf. Er schafft es so gerade, man kann ihn von unten noch sehen. Roland steht neben Sandra und prüft den Wind. Der hat etwas nachgelassen.

„Du solltest ein lockeres 8er Eisen spielen" meint er, „dann schaffst Du die Welle auf jeden Fall. Der Wind hat nachgelassen, er wird nicht schieben. Das obere Plateau ist größer, als man von hier aus ahnt. Ich denke bei einem weichen Fade in die rechte Ecke wird er auf dem Grün liegen bleiben."

Er gibt Sandra das Eisen. Sie macht einen Probeschwung und richtet sich zur Grünmitte hin aus. Der Ball fliegt genau in die angepeilte Richtung und zieht über der vorderen Grünkante leicht nach rechts. Er landet oberhalb der Welle. Die Zuschauer stöhnen mit einem lauten „Jaaaa" auf.

„Ich glaube, der Ball liegt tot am Stock."

Roland nimmt ihr den Schläger ab und spurtet förmlich den Hang hinauf.

Es ist wie vermutet, der Ball liegt direkt an der Lochkante. Etwa drei Meter vor dem Ball ist die Pitchmarke deutlich zu erkennen. Roland gibt Sandra den Putter und nimmt die Fahne aus dem Loch. Sie tippt den Ball kurz an, Birdie Nummer sieben. Während Sandra noch die Pitchmarke ausbessert, übergibt Roland die Fahne an Rinaldo, der sie wieder schräg ins Loch stellt um Maria die Linie anzugeben. Der Putt ist sehr gut und fällt aus fast zehn Metern ebenfalls zum Birdie. Kräftiger Applaus begleitet beide Spielerinnen vom Grün.

Tee 13, Par 4, 372 m

Zur nächsten Spielbahn müssen sie einen längeren Fußweg über eine Kuppe machen. Vorbei an dem Kameraturm oberhalb des zweiten Grüns, dann durch eine Senke hinab, am weißen Abschlag vorbei, überqueren sie einen kleinen Bachlauf. Die Bahn 13 ist ein langes, von Gelb schwer zu spielendes Par 4. Es geht ständig leicht bergauf. Rechts vom Fairway verläuft die Ausgrenze, dahinter ein dichter Wald, der zu dem kleinen Gehöft gehört, das von der zweiten Spielbahn aus zu sehen war. Sofern man sich mittig ausrichtet, kommt die Ausgrenze für die Proetten kaum ins Spiel. Allerdings lauert hinter dem Wald tiefes Rough, Und ein zu langer Drive mit einem Slice wird kaum im hohen Gras zu finden sein.

Das große Grün ist wellig und verläuft fast komplett von links oben nach rechts unten. Den hinteren rechten Grünbereich muss man über eine deutliche Welle anspielen. Es gilt einen guten langen Drive möglichst mittig auf das Fairway zu platzieren. Nur so besteht die Chance, das Grün und ggf. die Fahne zu attackieren.

Roland gibt Sandra einen neuen Ball.

„Die Fahne steht hinten rechts im Grün, die wohl schwerste Position", raunt er Sandra zu.

„Trotzdem ist es besser, rechts auf dem Fairway zu liegen und von dort einen geraden Schlag ins Grün zu versuchen. Ein Schlag von links ins Grün wird zu schnell und der Ball kann leicht über das Grün ins Aus rollen."

Sandra schaut die lange Spielbahn hinauf. Vom Abschlag ist die Fahne nicht zu erkennen. Der Drive ist gut, beschreibt einen leichten Fade und bleibt rechts von der Fairwaymitte liegen. Roland hebt den Daumen, ideal gespielt. Maria wählt genau die andere Variante und spielt ihren Drive mit einem deutlichen Draw auf die linke Fairwayhälfte. Dadurch ist ihr Ball auch deutlich länger.

Roland steht hinter dem Ball und schaut sich die Fahnenposition in dem Birdie-Book genau an. Der nächste Schlag wird schwierig.

„Das Grün fällt zum Loch hin ab, nimm ein Eisen kürzer", und schon hat er das 8er Eisen aus dem Bag geholt.

„Von der hinteren Grünkante ist der Putt zwar etwas einfacher, aber die Gefahr, dass der Ball mit einem längeren Eisen ins Grün zu lang wird, ist größer. Ein Par auf diesem Loch ist absolut in Ordnung."

Der Ball startet gut, ist allerdings doch sichtbar zu kurz, kommt vorne am Grün auf und läuft noch etwas die deutliche Welle hinauf, schafft es aber nicht auf der anderen Seite wieder herunter.

„Das sollte mit zwei Putts zu schaffen sein." Roland macht Sandra Mut.

Wie erwartet greift Maria die Fahne direkt an, der Schlag sieht gut aus, der Ball geht genau auf die Fahne zu. Vom Fairway aus kann man ihn aber nicht landen sehen. Vom Grün ist ein langes, bedauerndes „Ahhhh" zu hören. Vermutlich ist der Schlag zu lang geraten.

Und tatsächlich, Marias Ball ist über das Grün hinaus geraten. Sie hat allerdings noch Glück gehabt, dass er kurz vor der Ausgrenze vom höheren Gras gestoppt wurde. Der Chip aus Grün wird auf die kurz gesteckte Fahne schwierig werden. Sandra steht mittlerweile bei ihrem Ball, der insgesamt weiter vom Loch entfernt liegt, und bereitet sich auf den nächsten Schlag vor. Roland geht die Putt-Linie entlang und studiert das Grün eingehend. Wie vorausgesagt geht der Putt nach der Welle überwiegend hinab zum Loch. Der Ball wird somit schnell. Das Tempo ist also ganz wichtig.

„Siehst Du den leicht dunklen Fleck links vor dem Loch? Stell Dir vor, dort steht die Fahne. Dann müsste der Putt das richtige Tempo haben."

Roland wischt noch einmal mit dem Tuch den Ball sauber und reicht ihn Sandra, die konzentriert in Richtung Loch blickt. Der Ball läuft über die kleine Kuppe im Grün und wird schneller. Er rollt auf die markante Stelle links vom Loch zu. Sandra hat den Schlag gut dosiert, würde die Fahne dort stehen, hätte sie den Ball wohl eingelocht. Durch die Hanglage läuft er aber noch gut drei Meter weiter und bleibt kurz hinter dem Loch liegen. Der Rückputt ist nur Formsache.

Maria hat Schwierigkeiten, den Chip aus dem Rough richtig zu dosieren, er gerät zu lang und mit zwei anschließenden Putts muss sie sich ein Bogey notieren.

Tee 14, Par 3, 155 m

Die nächste Bahn ist ein wunderschön angelegtes Par 3 Loch. Es geht gute 150 Meter leicht bergab. Links liegt ein mit Schilf und Teichrosen bewachsener Teich, der das nierenförmige Grün zu drei Viertel schützt und nur eine schmale Gasse vorne rechts offen lässt. Rechts seitlich und auch etwas hinter dem Grün ist wiederum ein zweigeteilter Bunker. Der befestigte Weg für die E-Carts führt rechts den Hang hinunter und zieht sich dann hinter dem Grün nach links weiter zum nächsten Abschlag. Ein zu langer Schlag kann leicht über das Grün laufen. Wenn der Ball dann noch am kleinen Hang vor dem Weg Geschwindigkeit aufnimmt, wird er darüber ins

Aus laufen. Ein leichter Draw von rechts wäre der ideale Schlag. Die Fahne steht mittig auf dem Grün, das leicht zum Wasser hin abfällt.

„Du hast noch vier weitere Löcher zu spielen, es macht daher keinen Sinn schon hier zu viel zu riskieren, und auf ein Birdie zu spielen."

Roland mahnt leise und ruhig. Sandra schaut zum Grün hinunter und überlegt.

„Ich glaube Du hast recht, ich werde den Ball rechts durch die offene Gasse spielen. Wenn er dann auf dem Grün liegt, gibt es vielleicht immer noch die Chance auf eine guten Putt."

Sandra beweist einmal mehr ihre Klasse. Wie vorhergesagt beschreibt der Ball eine leichte Rechts-Links-Kurve, trifft genau die offene Schneise ins Grün und bleibt rund vier Meter leicht unterhalb der Fahne liegen. Maria greift nach dem Schlagverlust an der Bahn 13 die Fahne an. Hoch fliegt der Ball in Richtung Grün. Er schafft es gerade so über den Teich, landet auf dem Grün und rollt noch leicht bis ins Vorgrün zurück. Der Putt zu einem Birdie wird lang und geht bergan, eher eine theoretische Chance.

Maria puttet gut, der Ball ist genau auf den Linie, bleibt aber doch einen halben Meter zu kurz. Ein gutes Par. Sandra steht am Ball und schaut sich die Linie an.

„Leicht rechts anhalten, würde ich sagen." Sie schaut Roland fragend an. Der nickt.

„Ja, das könnte gehen, aber wenn der Ball nur nahe am Loch liegt, ist es auch ok."

Der Putt ist gut und hat das richtige Tempo. Er läuft auf die rechte Lochkante zu, und mit einer Ehrenrunde fällt er ins Loch. Die Zuschauer applaudieren euphorisch. So langsam wittern sie die Chance, dass die deutsche Spielerin vielleicht doch noch um den Turniersieg mitspielen kann.

Tee 15, Par 5, 439 m

„Vier Löcher noch." Roland steht neben Sandra am Abschlag der Bahn 15. Dieser ist weit zurück gezogen. Zum Fairway geht es zunächst durch einen schmaler Schlauch, allerdings mit reichlich Schräglage nach links, wo eine niedrige Hecke und die Ausgrenze lauert. Rechts geht es steil den Hang hinauf. Der asphaltierte Weg ist durch einen mit mächtigen Steinen abgestützten Hang von der Spielbahn getrennt.

„Dies ist ein kurzes Par 5, das sich allerdings länger spielt, als es nach der Scorekarte aussieht. Es geht immer bergan. Ein Par reicht hier völlig aus."

Sandra nickt und nimmt den sauberen Ball, teet ihn auf, blickt kurz den Hang hinauf und schlägt die weiße Kugel mitten auf das breite Fairway, das in der Landezone leicht nach links hängt. Den zweiten Schlag bringt sie bis auf etwa 50 Meter vor das Grün, das nun oberhalb ihres Standpunktes liegt und frontal durch einen Bunker verteidigt wird. Durch eine Welle in der Mitte ist das Grün zweigeteilt. Die beiden Hälften sind fast gleich groß und sind zunächst leicht abschüssig, von der Welle her nach links und nach rechts. Am Grünrand läuft das Grün dann relativ eben aus. Heute steckt die Fahne rechts von der Mitte nah an der Welle. Insofern ist ein Putt von rechts die Welle hinauf am günstigsten.

„Der beste Putt ist der von rechts hinten."

Roland schaut noch einmal ins Birdie-Book.

„Ein lockeres Lob-Wedge reicht aus", und schon reicht er ihr den passenden Schläger.

Der Ball geht gut vom Schlägerblatt in Richtung rechte Grünseite. Aufgrund des tiefen Standpunkts ist aber nicht erkennbar, wo er das Grün trifft. Von den Zuschauern am Grünrand gibt es leichten Applaus. Der Ball liegt am hinteren Rand, gerade noch so auf dem Grün. Zum Loch bleibt aber noch ein längerer Putt von gut acht Meter, durch die nahe Welle kein einfacher Putt. Aber der erste Putt von Sandra ist gut, so dass sie keine Schwierigkeiten hat, mit einem weiteren Schlag zum Par einzulochen.

Tee 16, Par 4, 314 m

Auch Maria spielt ein Par. Und so gehen sie weiter den Hang hinauf, überqueren die schmale Asphaltstraße, um durch die hohle Gasse einer Dornenhecke den nächsten Abschlag zu erreichen. Dieser liegt versteckt links hinter den Dornenbüschen. Die Spielbahn ist zwar relativ kurz, durch den hohen Abhang links ist aber die ideale Landezone für den Drive recht schmal. Gerät der Abschlag zu weit, lauert rechts ein weiterer kleiner Abhang zum Abschlag der Bahn 17 hinunter. Auch ein paar größere Obstbäume stehen dort, die eventuell den zweiten Schlag ins Grün behindern können. Ein genauer Drive leicht links von der Fairwaymitte wäre ideal. Dann ist auch für den nächsten Schlag zum Grün der richtige Winkel gegeben, und man kann sich eine gute Chance auf ein Birdie erarbeiten.

„Ein leichter Draw von rechts rein wäre ideal. Jetzt noch einmal gut konzentrieren und mit zwei guten Schlägen ist ein Birdie ohne weiteres machbar. Den Driver brauchst Du hier nicht."

Roland lächelt Sandra aufmunternd an, während er die Haube vom 3er Holz zieht. Sandra nimmt sich etwas länger Zeit, um die Flugkurve in ihren Gedanken vorzuzeichnen. Ruhig steht sie am Abschlag und beginnt ihren Rückschwung. Der Schlag ist optimal. Rechts gestartet fliegt der Ball zunächst auf den ersten Baum am rechten Fairwayrand zu, schwenkt dann nach links und landet mitten auf der Spielbahn. Von da aus springt er sogar noch etwas weiter nach vorne links. Maria wählt eine andere Linie und haut den Ball mit einem mächtigen Drive über den linken Hang mitten auf die Spielbahn. Beide Bälle liegen gut. Allerdings ist der Winkel zum Grün für Sandra etwas günstiger, so wie Roland es vorausgesagt hat.

Die Fahne steht ziemlich weit vorne rechts im Grün. Diese Seite wird durch einen tiefen Bunker geschützt, so dass eine präzise Annäherung notwendig ist. Hinter dem Grün verläuft die Ausgrenze des Golfplatzes.

„Deine kurzen Eisen waren heute super. Ein hoher Schlag mit dem Wedge, und ich wette auf ein Birdie."

Roland steht neben Sandra, die zunächst schlagen wird.

„Noch einmal volle Konzentration."

Roland gibt ihr das Wedge, nachdem er es erneut gründlich gesäubert hat. Sandra geht noch einmal hinter den Ball und visiert ihr Ziel an. Dann nimmt sie Position und schlägt den Ball sehr hoch ins Grün. Er landet kurz hinter dem Bunker, genau auf dem richtigen Punkt des höher gelegenen Grüns, und bleibt fast auf der Stelle liegen, etwa ein Meter vom Loch entfernt. Die vielen Zuschauer, die nun die letzten Löcher mitgehen wollen, jubeln.

Auch der Ball von Maria trifft sauber das Grün, allerdings rasiert ihr Putt die Lochkante, sie spielt nur ein Par. Sandra hockt sich hinter ihre Ballmarke und schaut sich die Putt-Linie genau an, während Roland mit dem Handtuch den Ball vom letzten Dreck säubert. Noch einmal volle Konzentration, und schon rollt der Ball mittig ins Loch zum Birdie.

Tee 17, Par 3, 180 m

Die vorletzte Spielbahn auf dem Platz ist ein längeres Par 3 Loch. Das Grün ist riesig und verläuft leicht schräg von links vorn nach hinten rechts. Von Abschlag aus erkennt man die mächtigen Wellen des Grüns und den relativ schmalen Eingang dorthin. Der Bunker links vor dem Grün kommt kaum ins Spiel, dafür aber der auf dessen rechter Seite. Diesen kann man durch den Hang zur Bahn 16, die rechts hinter den Bäumen entgegenkommt, vom Abschlag aus nicht erkennen. Zu lang darf der Abschlag auch nicht sein, denn hinter dem Grün verläuft die Auslinie vor der schmalen Straße, die direkt vor dem kleinen Bergbauernhof entlang läuft. Das Grün treffen und zwei sichere Putts, dies muss hier die Devise sein.

Bloß nichts mehr riskieren, so kurz vor dem Abschlussloch. Roland gibt Sandra genau diesen Tipp. Sie stehen auf dem Abschlag und schauen zum Grün, hinter dem mittlerweile reichlich Zuschauern stehen. Es hat sich herumgesprochen, dass Sandra viele Birdies gespielt und damit noch eine Chance auf den Sieg hat. Und so sind auch noch viele Zuschauer von dem nahen Grün des 15. Loches herübergekommen.

Sandra schlägt einen soliden Ball mitten ins Grün, und zwei gute Putts bringen das sichere Par. Die Spielerinnen überqueren mit ihren Caddies und vielen Zuschauern die befestigte Straße und gehen hinüber zum letzten Abschlag.

Tee 18, Par 4, 389 m

Vom 18. Abschlag hat man einen wunderschönen Ausblick über den zweiten Teil des Platzes. Rechts liegt das Fairway der 15. Bahn, die hangaufwärts zum oberhalb gelegenen Grün verläuft. Die Bahn 18 geht leicht abwärts, um dann hinter den am linken Rand nach einem großen Bunker stehenden mächtigen Eichen fast rechtwinklig nach links unten abzuknicken. Vor dem Dogleg ist das Fairway eben. Von dort hat man einen herrlichen Blick auf den Gutshof und das tief liegende Grün, das frontal durch einen Teich und rechts von einem Topfbunker verteidigt wird. Gerade dieser Blick macht die Bahn 18 sicherlich zum schönsten Loch der Anlage.

Vom Plateau aus führt das Fairway über zwei große Wellen hinab zum Teich. Eigentlich gibt es in diesem

Bereich keine ebene Stelle, weder für den Ball noch für den Stand der Spielerinnen. Mit einem guten Drive, links über den Fairwaybunker an den Eichen vorbei, ist der Hang aber durchaus zu erreichen.

Genau dem Abschlag gegenüber, vielleicht 240 Meter entfernt, liegt ein angelegter Teich, der den Greenkeepern als Wasserspeicher dient. Es wird gemunkelt, dass sich die angehenden Golflehrer des Ressorts häufig einen Spaß machen und versuchen, vom Abschlag der 18 mit einem mächtigen Hieb diesen Teich zu überwinden. Kein ungefährliches Spiel, verläuft doch dahinter die erste Spielbahn. Es sind aber nur die wirklich guten Golfspieler, die es über den Teich schaffen. Zahlreiche Bälle dürften dagegen im Wasser versenkt sein.

Roland steht neben Sandra auf dem Abschlag. Auf der 15. Spielbahn kommt gerade die letzte Gruppe vom Abschlag. Man kann es an der großen Menschenmenge erahnen, die auf dem Weg zwischen der 18 und der 15 den Hang hinauf strömt. In der Höhe der Landezone des letzten Loches bleiben viele der leicht bekleideten Zuschauer stehen, in Erwartung der Abschläge. Gespannt schaut Roland nach dem kleinen Leaderboard, das am 18. Abschlag für die Spielerinnen aufgebaut ist. Martina liegt bei minus 15. Sandra hat sie also mit der tollen Aufholjagd eingeholt. Allerdings hat sie auch nur noch ein Loch zu spielen.

Roland schaut noch einmal ins Birdie-Book.

„Ich würde nur ein lockeres Holz 3 auf die Ebene im Dogleg schlagen", meint er und zeigt mit der Hand in die Richtung des imaginären Landeplatzes für den Drive.

„Dann ist zwar der zweite Schlag zwar etwas weiter, aber der Stand ist wesentlich besser und eine sichere Annäherung ist wahrscheinlicher. Im Hang gibt es keinen guten Stand für den zweiten Ball."

Sandra nickt und nimmt aus Rolands Hand das Holz 3. Mit einem leichten Draw fliegt der Ball vom Abschlag und bleibt mitten auf dem Plateau, nahe der ersten abwärts gerichteten Welle liegen. Der ideale Schlag. Maria dagegen teet ihren Ball rechts auf und richtet sich auf die Eichen hin aus. Sie hat den Driver in der Hand, und es ist offensichtlich, dass sie über das Dogleg abkürzen will. Und richtig, der Ball fliegt über den Bunker, kommt an der ersten Welle auf und rollt den Hang hinunter, so dass er vom Abschlag aus nicht mehr zu sehen ist.

Auf dem 18. Grün schütteln sich die Spielerinnen und Caddies des Flights vor ihnen gerade die Hände und gehen dann nach links auf den befestigten Weg in Richtung Gutshof. Roland steht neben Sandra und schaut aufmerksam in Richtung Grün. Dann hebt er den Kopf und prüft den Wind, der mit einer ganz leichten Brise von rechts vorn den Hang hinauf kommt. Die Fahne steht kurz vorne hinter dem Teich. Dort ist das Grün relativ eben, während es hinter der Fahne spürbar ansteigt.

„Ein Eisen länger mit viel Spin, hinter die Fahne in den Hang gespielt, wäre ideal. Das ist zwar die schwierigste Variante, aber Du bekommst eine Birdie-Chance und damit vielleicht doch noch den Sieg."

Rolands Stimme ist nur ein leises Flüstern, so als will er verhindern, dass jemand anderes als Sandra seinen Rat vernimmt.

„Diesen einen guten Schlag noch. Ich weiß, Du schaffst es."

Er schaut Sandra in die Augen. Sein Gesicht strahlt förmlich voller Zuversicht.

„Ein ganz lockeres Eisen 6, und der Ball wird tot neben dem Stock liegen."

Sandra schaut lange in das strahlende Gesicht, schüttelt leicht verwundert den Kopf und nimmt das Eisen. Dann ist sie wieder voll konzentriert und stellt sich an den Ball. Ein kurzer Probeschwung, dann ist ihr Körper ruhig. Der Ball geht hoch vom Schlägerblatt. Er hält seine Richtung zur Grünmitte. Von oben sieht es so aus, als wäre er doch zu lang geraten. Gute 15 Meter hinter der Fahne landet er. Die Schauer stöhnen schon enttäuscht auf, als er plötzlich wie von Zauberhand den Spin annimmt und sich rückwärts bewegt. Zügig rollt er den leichten Hang hinunter direkt auf das Loch zu. Die Zuschauer halten den Atem an. Weiter und weiter rollt der Ball, hält die

Richtung, wird langsamer, trifft den Flaggenstock und plumpst ins Loch. Ein Aufschrei aus hundert Kehlen.

„Jaaaaa".

Die Zuschauer jubeln und applaudieren frenetisch. Ein Eagle an der letzten Bahn, direkt vor dem Gutshof. Roland klatscht Sandra ab und lacht.

„Wow, das glaub ich jetzt nicht."

Sandra schüttelt nur den Kopf und schaut noch immer zum Grün, als will sie nicht glauben, was sie gerade von oben gesehen hat. Die Menschen applaudieren immer noch. Wie in Trance gibt sie Roland den Schläger und nimmt Marias Küsschen auf die Wange als Anerkennung dankend an.

Marias Ball liegt in der ersten Schräge. Der Schlag ist eine Herausforderung. Sie meistert ihn aber hervorragend und der Ball fliegt hoch ins Grün, rollt aber etwas zum linken Rand hin aus. Zur Fahne sind es vielleicht sechs Meter, sodass man durchaus von einer Birdie-Chance sprechen kann. Beide Spielerinnen gehen nebeneinander Richtung Grün und werden frenetisch vom Publikum begrüßt. Noch einmal brandet lauter Jubel auf, als Sandra ihren Ball mit zwei Fingern aus dem Loch angelt. Den Ball in der Faust geht sie zu ihrer Tasche, die Roland mittlerweile am linken Grünrand abgelegt hat. Sie nimmt einen Stift heraus, schreibt etwas auf den Ball. Dann gibt sie ihn Roland.

Danke, Sandra, steht auf dem Ball. „Der ist für Dich."

Dann nimmt sie ihn in den Arm und haucht ihm einen Kuss auf die Wange. Roland errötet leicht.

„Ist doch nicht nötig", flüstert er zurück.

Maria schafft ihr Birdie und die Spielerinnen reichen sich unter dem lauten Applaus der Zuschauer die Hand.

„Super, you are the champion!"

Maria strahlt Sandra an und schlägt ihr leicht auf die Schulter. Dann dreht sie sich zu Roland um und gibt ihm die Hand. „Super Caddy", lächelt sie ihn an.

Meisterschaft

Sandra hat mit minus 12 einen neuen Platzrekord gespielt. Zudem hat sie als erste deutsche Proette bei einem offiziellen Turnier eine 59er Runde gespielt. Jetzt kann sie nur noch warten, dass die letzten Spielerinnen ihre Runde beenden. Sie ist mit Abstand die führende Spielerin im Clubhaus. Nachdem sie und Maria im Spielbüro ihre Scorekarten verglichen und unterschrieben haben kommt sie auf Roland zu. Der hat mittlerweile sein Caddy-Leibchen wieder abgegeben.

„Ich glaube ich brauche jetzt etwas zu trinken."

Roland holt von der Bar zwei Fruchtcocktails, und dann stehen sie nebeneinander oberhalb des 18. Grüns und warten auf den letzten Flight.

Endlich tauchen oben an der Eiche die Spielerinnen auf. Roland hält Ausschau nach dem großen Leaderboard in der Nähe des ersten Abschlages.

„ Minus 16 für Martina" flüstert er.

Nur ein Par, denkt er, dann hat Sandra doch noch gewonnen.

Und da kommt auch schon der erste Ball angeflogen, trifft das Grün und rollt noch einige Meter den Hang hinauf.

Es ist Martinas Ball, wie sich bald herausstellt. Ihr Putt ist gut, geht aber scharf am Loch vorbei.

„Gewonnen!" Die Anspannung fällt von ihm ab und in einer spontanen Bewegung umarmt er Sandra.

Nachspiel

Ein Wecker klingelt. Langsam schält sich eine Gestalt aus den Laken. Roland schüttelt heftig mit dem Kopf. Was war das doch für ein wirres Zeug, was er da gerade geträumt hat. Er ist noch nicht ganz wach und kann sich auch nur bruchstückhaft erinnern. Irgendetwas mit Golf.

Unter der Dusche wird ihm bewusst, heute ist doch das Damenturnier, auf das er sich schon so lange gefreut hat. Deshalb hat er wohl von Golf geträumt. Rasch beendet er seine Morgentoilette.

Roland bremst leicht ab und lässt sein Auto ausrollen. Vor ihm hat sich eine kleine Schlange von Fahrzeugen gebildet, die alle nach links auf den kleinen Parkplatz einbiegen wollen, der für die Besucher mit den VIP-Eintrittskarten reserviert ist. Der schmale, asphaltierte Weg zum Golfclub Brunnwies ist abgesperrt. Eine große Wiese unterhalb der Übungsanlagen bietet für die ankommenden Autos ausreichend Parkflächen. Ein Ordner in roter Warnweste winkt die einzelnen Wagen heran und übergibt an seine Kollegen, die auf der Wiese die Fahrer in geordnete Parkreihen einweisen.